suhrkamp taschenbuch 2544

W0357216

Als Bernard Shaw 1932, nach einem Autounfall in Südafrika, seinen Aufenthalt dort unfreiwillig verlängern mußte, kam ihm der Einfall zu dieser denkwürdigen Geschichte vom Mädchen aus dem Urwald, das die Bekehrungsversuche der weißen Missionare ernster nimmt als diese selbst. Neugierig geworden, läßt es sich auf das Abenteuer ein, Gott ohne fremde Hilfe zu suchen.
»Aber, keine Angst«, schreibt Eugen Drewermann in seiner Einführung, »dieses Bändchen enthält keinen theologischen Traktat, obwohl es das Wort ›Gott‹ im Titel führt. Statt dessen bietet es eine Gleichniserzählung auf das, was wir als religiöses Bewußtsein bezeichnen, eine symbolistische Szenenabfolge voller Humor und geistreicher Attacken ...
Wer in unseren Tagen sich wirklich noch auf das ›Abenteuer‹ einlassen wollte, ernsthaft nach ›Gott‹ auf die Suche zu gehen, der müßte offensichtlich zweierlei zugleich sein: ein großes Kind und ein Exot ... Ein religiös ›zivilisierter‹ Mensch, soviel steht fest, sucht nicht nach Gott, er hat ihn immer schon ›gefunden‹, das heißt, er hat ihn ›beigebracht‹ bekommen, noch ehe er je auf die Suche nach so etwas wie einem Gott gehen konnte.«

GALY JULIA

Bernard Shaw
Die Abenteuer des schwarzen Mädchens auf der Suche nach Gott

Mit einer Einführung von
Eugen Drewermann
und einem Nachwort des Autors

Aus dem Englischen von
Ursula Michels-Wenz

Suhrkamp

Titel der 1932 bei Constable & Co. London
erschienenen Originalausgabe,
die dieser Übersetzung zugrunde liegt:
The Adventures of the Black Girl in Her Search for God.
Neuauflage 1934 unter dem Titel
The Black Girl in Search of God.
© The Estate of Bernard Shaw

suhrkamp taschenbuch 2544
Erste Auflage 1996
© Suhrkamp Verlag Frankfurt am Main 1989
Alle Rechte vorbehalten, insbesondere das
des öffentlichen Vortrags, der Übertragung
durch Rundfunk und Fernsehen
sowie der Übersetzung, auch einzelner Teile.
Satz: Libro, Kriftel
Druck: Nomos Verlagsgesellschaft, Baden-Baden
Printed in Germany
Umschlag nach Entwürfen von
Willy Fleckhaus und Rolf Staudt

1 2 3 4 5 6 – 01 00 99 98 97 96

Inhalt

Eugen Drewermann
Einführung

Keine Angst, dieses Bändchen enthält keinen theologischen Traktat, obwohl es das Wort »Gott« im Titel führt. Statt dessen bietet es eine Gleichniserzählung auf das, was wir als religiöses Bewußtsein bezeichnen, eine symbolistische Szenenabfolge voller Humor und geistreicher Attacken.

Schon die Überschrift ist ein ironischer Affront. Wer in unseren Tagen sich wirklich noch auf das »Abenteuer« einlassen wollte, ernsthaft nach »Gott« auf die Suche zu gehen, der müßte offensichtlich zweierlei zugleich sein: ein großes Kind und ein Exot, ein Halbwilder, mit anderen Worten, nackt, ungeschützt und verletzlich, doch ausgestattet mit der »Schlagfertigkeit« eines unverdorbenen Gemüts und eines unvoreingenommenen Verstandes, wie Shaws Mädchen aus dem Dschungel.

Ein religiös »zivilisierter« Mensch, soviel steht fest, sucht nicht nach Gott, er hat ihn immer schon »gefunden«, das heißt, er hat ihn »beigebracht« bekommen, noch ehe er je auf die Suche nach so etwas wie einem Gott gehen konnte. Jede etablierte Religion besteht im Wahrheitsbesitz ihres »vorgefundenen« Gottes, und sie versteht unter »Erziehung« das Auswendiglernen der Eigenschaften und Erklärungen ihrer als bekannt vorausgesetzten Gottheit. Stets siegt da die Tradition über die Sehnsucht, das Kirchenkollektiv über den Einzelnen, die Priesterherrschaft über die Freiheit und die schriftgelehrte Doktrin über die forschende Vernunft.

Es gehört einer anderen Welt an, wer all das Formelaufsagen und Dogmennachsprechen nicht länger als »Glauben« versteht, sondern sich den Mut eines eigenen Fragens und Prüfens bewahrt, um der Wahrheit des Menschen und darin der Wahrheit des Göttlichen näherzukommen.

Was sind das überhaupt für Leute, die partout glauben, andere Menschen von ihrem »richtigen« Gott »unterrichten« zu müssen? Sexualneurotiker allzumeist, meint Bernard Shaw, die aus lauter Angst, sich auf Erden zu binden, eine ewige Liebe im Himmel erfinden und ihre zerstörerische Flucht vor dem Leben als ein wohlgefälliges Opfer an einen Gott interpretieren, der ebenso eifersüchtig auf das normale Glück der Menschen sein muß wie sie selber. Doch gibt es, zumindest im »christlichen« Abendland, zu ihrer Rechtfertigung einen allesvermögenden Fetisch – das Heilige Buch, die Bibel. Auf sie berufen sich die Theologen, die Priester, die Missionare und Heerführer aller Jahrhunderte; was aber geschieht, wenn jemand, mit dieser Bibel in der Hand, sich eigenständig auf die Suche nach Gott begeben möchte?

Als erstes wird er einem weißhaarigen Grimmbart von Gott begegnen, der als Schöpfer aller Dinge einen jeden mit Donner und Blitz bedroht, der ihm nicht blutige Tier- und Menschenopfer darbringt und ihm kniefällig seine Macht bezeugt. Wenn im Leben eines Menschen die religiöse Suche jemals vorankommen soll, entdeckt Shaws »Schwarzes Mädchen« gleich, so gilt es, diese monströse Unsinnsgestalt eines Gottes zu zerschlagen – eine Menge Bibelseiten, zum Beispiel die Geschichten

von Noah und Abraham, werden da unter der Hand an Überalterung ins Nichts zerbröseln.
Doch hinter dem Angstgott eines archaischen »Heidentums« lauert bereits der Theologengott der Rechthaberei und der menschlichen Unwissenheit. Alle Fragen und Zweifel, die einem denkenden Menschen angesichts der Welt bezüglich der Güte und Weisheit seines Weltenregiments wohl kommen mögen, wird dieser Gott, wie im Buche Hiob, empört als Majestätsbeleidigung zurückweisen; dieser Gott erklärt buchstäblich nichts, außer daß er mit wahnhaften Attributen verklärt werden will; alle *Auf*klärung besteht darin, diesen Nachtmahr zu beseitigen und erneut die entsprechenden Bibelseiten wie Herbstlaub dem Winde preiszugeben.
Folgt aber daraus nicht auf dem Fuße der Nihilismus des griechisch beeinflußten Buches Qohelet oder, wie bei Shaw, Kohelet: »Denn der Mensch geht in sein ewiges Haus ..., und der Staub wird wieder zu Erde ... Wie ist alles so nichtig ... Es ist alles umsonst« (Koh. 12, 7–8)? Im Gegenteil, meint Shaws »Schwarzes Mädchen«. Religion sollte die Überzeugung vermitteln, daß die Hoffnung stärker ist als die Verzweiflung und das Leben größer als der Tod und der Mensch selbst ein göttliches Wesen! Auch und gerade die Kritik der Bibel an ihrem obsoleten Gottesbild muß kritisch betrachtet werden, wenn sie zu nichts weiter führt als zu einem schwermütigen Zynismus.

Auch in der Bibel selbst ist die Bewegung über den »Prediger Salomonis« hinausgegangen. Da gibt es zum Beispiel das kleine Buch Micha. Bei ihm fordert Gott keine grausamen Opfer mehr; was sein prophetisch geläuterter Gott vom Menschen verlangt, ist nichts als Barmherzigkeit und Gerechtigkeit. Eine solche Botschaft freilich läßt sich hören; jedenfalls ist sie weit weiser und gütiger als das Auftreten all der Gespenstergottheiten und ihrer Verneinungen zuvor; doch selbst das Menschlichste am Gott der Bibel im Mund eines Micha wirkt unmenschlich, weil es dem Menschen selbst äußerlich bleibt. Immer noch erscheint da Gott als ein oberster Gesetzgeber, der Gehorsam und Unterwerfung verlangt, und selbst wenn die Inhalte seiner »Gebote« mittlerweile sich zu einer gewissen Vernunft durchgerungen haben, so ist doch die Form ihres Auftretens nach wie vor unvernünftig und ungeistig: einzig die Gesetze, die der menschliche Geist sich selber gibt, verdienen, als göttliche Gesetze betrachtet zu werden. Ein Gott, der die Sittlichkeit auf Gehorsam und Macht gründet, statt auf Einsicht und Freiheit, ist das Prinzip der Unsittlichkeit selbst.

So betrachtet, erscheint noch das Beste an der Bibel als Ausdruck angstbeladener Abhängigkeit von einem »Herrgott«, welcher der Entfaltung des Menschen hinderlich im Weg steht. Alles wahrhaft Gute gründet in der *Autonomie* des Menschen; ein Gott, der glaubt, dem Menschen außerhalb seines eigenen Denkens noch alles mögliche zusätzlich vorschreiben zu müssen, ist nichts weiter als ein löwenmäuliger Irrwisch. Und zudem, wer sagt denn, daß ein moralisch nicht von vornherein anfechtbarer Gott schon ein wahrer Gott sei? Das Leben, wie man sieht, ist keinesfalls nur »moralisch«. Ein Gott, der wesentlich als oberste *moralische* Instanz gebraucht wird, muß ein ziemlich

engherziger, lebensfremder Fanatiker sein, nicht weniger schädlich als seine eifernden biblischen Vorläufer und beamteten Nachläufer.
Spätestens an dieser Stelle wird die Kühnheit des Gedankenexperiments, das Shaw mit seinem »Schwarzen Mädchen« anstellt, klar. Seine Parabel ist gerade 20 Seiten weit gediehen, da steht bereits fest: Wer ernsthaft nach Gott als dem wesentlichen Inhalt seines Lebens auf die Suche gehen will, der kann dazu von allem möglichen angeregt werden, warum nicht gar von einer missionierenden Hysterikerin christlicher Provenienz? Entscheidend aber wird jeder wahrhaft Suchende nicht den Doktrinen anderer, sondern seinem eigenen Herzen folgen; und das wird ihm sagen, daß er genau das nicht tun darf, was ihm das Judentum und das Christentum, seitdem es sie als verfaßte Religionen gibt, weismachen wollen: die Bibel als »das Wort Gottes« nehmen. Schon die verschiedenen Gottesbilder dort widersprechen einander wie Feuer und Wasser, wie Tag und Nacht, und immer wieder wird das rechte Suchen daher von ihnen geradewegs in die Gegenrichtung getrieben. Die Frage lautet nicht, was in der Bibel steht; sie richtet sich darauf, was menschlich und vernünftig ist; daran allein bemißt sich die »Göttlichkeit« und »Glaubwürdigkeit« auch und gerade der Texte, die den etablierten Religionsformen des Abendlandes zugrunde liegen.
Nun aber kommt es: Wer die nüchterne Evidenz und zugleich radikale Konsequenz dieses Gedanken»ganges« von Shaws »Schwarzem Mädchen« bis dahin mitvollzieht, der wird wie in einer Zeitmaschine aus dem kirchlich verwalteten Mittelalter durch die

Schleuse der Philosophie des 18. und 19. Jahrhunderts unversehens in die Auskunftei der Wahrheitsverweser des 20. Jahrhunderts geworfen: Iwan Petrowitsch Pawlow als der Repräsentant der »exakten« experimentellen Physiologie erscheint plötzlich vor dem suchenden Kind. Der Zeit- und Gedankensprung ist nur logisch. Kein Mensch mehr, außer den ewig Vorgestrigen, fragt noch beim Lesen in den Geschichtsbüchern (oder im Wirtschaftsteil seiner Zeitung) als erstes danach, was irgendein Gott sich bei all dem gedacht hat, was auf Erden geschieht. Das biblische Denken als Ganzes steht zu der Wirklichkeit, die wir selbst schaffen, in einem grotesken Verhältnis. Verdun, Hiroshima, Auschwitz, My Lai, Bagdad, Sarajewo – das hört niemals auf. Nicht wer Gott ist angesichts dieser Greuel, ist die entscheidende Frage, sondern was das für Menschen sind, wer wir selber sind, wenn wir es so weit kommen lassen.

Die Theologie hat sich seit langem schon, erst in die Philosophie, dann in die Psychologie, aufgelöst. Doch trägt die Psychologie in ihrer physiologisch-mechanistischen (behavioristischen) Form wirklich dazu bei, den Menschen besser zu verstehen? Lediglich scheinen die Götzendiener in Schwarz abgelöst durch die Götzenanbeter in Weiß; letztere reden nicht mehr von Gott, wohl aber von ihren »wissenschaftlichen Beweisen« und von ihrer »akademischen Reputation«, und für ihre Ideen verlangen auch sie, nicht anders als der blutrünstige Jahwe, Hekatomben blutiger Opfer. Überall auf der Welt sind die Laboratorien der Psychologen und Mediziner gefüllt mit Millionen von Tieren, aus deren stummen Schreien und qualvollen Leiden der

Fortschritt der Wissenschaft destilliert werden soll. Man versteht auf diese Weise kein fühlendes Wesen, weder Tiere noch Menschen, man erklärt nicht die Angst, nicht den Schmerz, die beiden gemeinsam sind, man versteht bei allem Reden über gewisse neuronale Phänomene nicht einmal sich selbst. Angst zu erleben ist etwas anderes, als die Schaltungen im Gehirn zur Codierung von bedingten Reflexen zu untersuchen. Ein kleines »Experiment« von Shaws »Schwarzem Mädchen« demonstriert, wie weit diese Art von Wissenschaft sich vom Leben entfernt hat – sie tritt auf wie ein Krokodil in der Wüste. Gott aber sollte doch vorkommen im wirklichen Leben, nicht wahr? Mitleid zum Beispiel mit leidenden Tieren, mit angstgepeinigten Menschen – eine Betrachtungsweise der Welt, die *das* nicht kennt, kann nicht die Antwort auf die Fragen des Lebens enthalten.

Menschen von der Art des »Schwarzen Mädchens« hören nicht auf, nach Gott zu suchen, selbst wenn sie dabei das Gefängnis des Bibel- und Kirchenglaubens aufbrechen müssen; sie lassen sich aber auch nicht in das Ghetto der »Kurzsichtigkeit« einer »objektiven«, d. h. subjektiv unbeteiligten »Erkenntnis« sperren; sie wehren sich dagegen, zugunsten eines derartigen »wissenschaftlichen« Studiums der »Psyche«, sich ihre Seele verderben zu lassen.

Ist man wirklich ein besserer Arzt, Tierpfleger, Psychotherapeut oder Psychiater, wenn man gelernt hat, von allem eigenen Mitleiden und Miterleben abzusehen, um nichts als »Fälle«, »Arten«, »Erscheinungsbilder« oder hirnorganische Funktionsstörungen übrig zu behalten? Sind diese »Dozenten« aus lauter Angst vor dem Leben nicht lediglich auf den »Baum« (der Erkenntnis) *geflohen*, so wie Shaws liebesscheue Missionarin, die dem »Schwarzen Mädchen« die Bibel geschenkt hatte, im tropischen Urwald Unterschlupf suchte? Im »Besitz« ihrer Wahrheit schweben sie wie merkwürdige Käuze über den Menschen, keinerlei Widerspruch duldend. Es ist klar: die Suche nach Gott kann nur in *entgegengesetzter* Richtung weitergehen. Wohin aber wird sie führen?

Nächst der »Wissenschaftsgläubigkeit« stellt sich der Anspruch, einem »Kulturvolk«, d. h. einer besonders vorbildlichen »Zivilisation« anzugehören, einer ehrlichen Wahrheits- und Gottessuche hinderlich in den Weg. Der Kulturchauvinismus ist im »christlichen« Abendland nicht gerade neu; er ist jedenfalls nicht nur eine »groß-britische«, »neu-teutonische« oder »panslawistische« Perversion des Denkens, er ist buchstäblich so alt wie die »alten Römer« mit ihrer praktischen Vorstellung, alle Welt mit den Wohltaten römischen Rechts und römischer Lebensart beglücken zu sollen. Von der »pax romana« des Kaisers Augustus zur »new world order« von George Bush führt ein gerader Weg. Da ist der »Volksgeist« selbst der Gott, und jedes Volk ist »god's own country«. Keiner der »allerchristlichsten« Kaiser, von Karl dem »Großen« über Karl V. bis hin zu Wilhelm II., hat sich jemals davon irritieren lassen, daß es diese Überheblichkeit war, die einen Mann wie Jesus von Nazareth nach zwei Jahren seines öffentlichen Wirkens schon ans Kreuz gebracht hat.

Doch gerade in diesem Kontrast liegt auch eine Chance. Wenn sich erst einmal zeigt, wie sadistisch die Absolutsetzung von »Recht und Ordnung« im Sinne der eigenen »Kultur« gegenüber der Freiheit und Eigenständigkeit aller anderen notwendig wirken muß, gewinnt man dann nicht vielleicht die Fähigkeit, der ursprünglichen Botschaft des »geopferten« Nazareners noch einmal ganz anders, unverfälscht zu begegnen? Die Decke der geschichtlichen Übermalungen höbe sich hinweg, und auftauchen würde der Jesus des Johannes-Evangeliums, und ein neues Gespräch mit der »Samariterin« am Jakobsbrunnen höbe an, der Frage gewidmet, wie man Gott anbetet »in Geist und in Wahrheit« (Joh. 4,23).

Die berühmte Szene des 4. Evangeliums enthält das wohl am meisten »unhistorische« Gespräch des ganzen Neuen Testamentes, und doch formuliert es die am meisten »wahre« Botschaft des ganzen »Christentums«, eine neue Art von »Verzauberung«, eine Magie der Seele, bestehend aus zwei miteinander verbundenen Überzeugungen. Zum einen: Gott ist ganz und gar innerlich, er wohnt im Herzen jedes einzelnen; und zum anderen: Gott ist die Liebe, und alle Menschen sind Brüder und Schwestern. Gibt es sogar gegen dieses »Herzstück« des christlichen Glaubens etwas einzuwenden? Ist auch dies nur eine weitere Etappe auf dem Wege zu Gott, doch längst noch nicht Ankunft und Ziel?

Allein schon das Bild, das Shaw hier von der Gestalt des »Gottessohnes« im Widerspruch zur kirchlichen Dogmatik zeichnet, ist von einer einfachen Schönheit und Größe: der »Zauberer am Brunnen«! Das ist ein Ausdruck, den auch ein »Schwarzes Mädchen« im Rahmen *seiner* Kultur zur Beschreibung des Nazareners verstehen könnte: der Schamane, der Medizinmann – lauter Begriffe, die für christliche Theologen völlig unannehmbar scheinen; wieso aber soll es zumutbar bleiben, Menschen aus Kulturkreisen außerhalb des Abendlandes als erstes die Terminologie der spätantiken Mythologie aufzuzwingen, die Jesus als »Messias« interpretierte und den »König« als ein Mittel- und Mittlerwesen zwischen Göttern und Menschen verstand? Wieso auch soll überhaupt die Gestalt des Nazareners mit den Insignien sozialer und politischer Macht, statt mit der Auszeichnung persönlicher Kraft beschrieben werden? Der »Zauberer am Brunnen« – das ist für »christliche« Ohren fast eine Lästerung, doch scheint es weit passender und ehrlicher als die abendländische Vermischung staatlicher Herrschergewalt mit den Begriffen »Wahrheit« und »Liebe«.

Gerade dann aber muß man den Hüter des »Wassers des Lebens« (Joh. 4, 13 f) wohl fragen, wer »Gott« denn nun ist. »Die Kraft der Liebe in dir, in mir«, gewiß; aber hinterher beginnt doch wieder die verwirrende Vergegenständlichung des Gottesbildes. Gott ist, gut biblisch, eine *Vater*gottheit. Warum nicht eine Mutter? Ein »Vater«, schon möglich, nötigt zu Anstrengung, Leistung und welterfassendem Streben; aber ist das die ganze Wahrheit des Religiösen – das »Zeugen«, das »Zeugnisgeben«, das »Zeugnisablegen« . . .? Wieso nicht das Heimischwerden, das Lebendürfen, das einfache Angenommensein? Und was heißt dann »Liebe«?

Als ein persönliches Gefühl kann sie nicht unterschiedslos allen Menschen gelten; und selbst das Ideal einer Menschheitsfamilie, als deren »Glied« jeder einzelne sich betrachten könnte, kann – wie die Kirchen-

sprache bis heute verrät – zur Grundlage kollektivistischer Machtansprüche mißbraucht werden. Ja, ist nicht das »Liebet einander«, als sittliches Ideal verstanden, eine realitätsferne Utopie, die gottselige Maxime für eine nur geträumte Welt ohne Grausamkeit und Gefahr, die Formel auch zur *Verdrängung* einer Menge von berechtigten Gefühlen und natürlichen Antrieben im eigenen Herzen? Eine »Liebe«, die körperlos und abstrakt bleibt mit allen Merkwürdigkeiten persönlicher Verschrobenheiten, eine Askese der verdrehten Augen und der Beziehungsangst, ein uneingestandenes Machtstreben der Scham und der Selbstunterdrückung – wie soll ein Mensch unter solchen Vorgaben aufrecht und aufrichtig, ohne *Scheinheiligkeit* leben können?
Es muß ins Absurde geraten, wenn man die Lehren des Nazareners als moralische Lehrsätze nimmt, die ein für allemal in jeder beliebigen Situation Geltung besäßen. Soviel scheint klar: die Wahrheit, wenn es sie gibt, ist konkret, und so muß man sie immer neu suchen gehn. Auch die Gestalt Jesu kann, so verstanden, nur als ein Wegweiser dienen, den man hinter sich läßt, sobald man begreift, was auf ihm geschrieben steht. Sah dieser Mann sich selber denn je anders? Stellen seine Güte und sein guter Wille nicht in sich selbst die Erlaubnis, ja, die Einladung dar, *weiterzugehen* in Richtung auf Gott?
Genau das Gegenteil freilich tun die »Kirchen«, die sich auf Jesus berufen. Sie überfordern die Menschen, und sie überfordern sich selbst; ihre »Amtsträger« sind *nicht* die »Felsenfundamente«, für die sie sich halten oder doch (hof-)halten lassen; und um sich die ganze Angelegenheit zu erleichtern, haben sie die Religion

insgesamt in eine papierene Angelegenheit verwandelt. Das »Christentum« von Amts wegen, die Kirchenmitgliedschaft als eine standesamtliche Eintragung mit Rechtswirksamkeit vor dem Finanzamt – ja, das »Glockenläuten« in solch papierenen Kathedralen kann schon den Sinn für schwarzen Humor reizen. Und erst die Streitigkeiten über die Lehrunterschiede des geschriebenen Wortes! »Das ist mein Leib« z. B. – an kirchenspaltenden Auslegungen allein dieses Satzes gibt es weit mehr, als die Anzahl seiner Worte beträgt. Aber: der »Erlöser der Menschheit« ist gleichwohl schon gekommen ...

Selbst dieser »Glaubenssatz« wurde zum Prinzip der Ausgrenzung und der Trennung, speziell zwischen den Christen und den Juden. Letztere, das Betragen der »Christen« in den »christlichen« Kirchen im »christlichen« Abendland nur zu deutlich vor Augen, können und wollen nicht glauben, daß irgend jemand jemals in diese Welt gekommen sei mit der Kraft, alles zu ändern. Ein solcher *müßte* noch kommen! Und es wäre so nötig, daß er käme! Irren nicht alle gewaltig, die glauben, das »Heil«, das »Reich Gottes«, der »Messias« oder wer und was immer, komme von außen, weil Gott es oder ihn uns sende? Nur was wir Menschen wirken, schafft menschliche Wirklichkeit, und es wird niemals ein »Heilbringer« kommen, es sei denn, wir versuchten, »heilsamer« miteinander und mit uns selber umzugehen. Sonst ist die Gefahr riesengroß, mit allem Warten und Hoffen auf eine noch säumende Zukunft uns selbst zu versäumen, indem wir das Leben in einen Wartesaal auf das Leben verwandeln.

Also: Treten wir in die Gegenwart! Werden wir Zeugen

unserer Zivilisation! Die nächste Szene der »Abenteuer des schwarzen Mädchens« trifft bezeichnenderweise auf eine »Karawane« von Neugierigen. *Sie* sind recht eigentlich die Akteure dessen, was Hermann Hesse einmal, zeitgleich zu Shaw, als »das feuilletonistische Zeitalter« bezeichnet hat. Im Kreise dieser Leute stiftet das Mädchen aus dem Urwald bereits dadurch Verwirrung, daß es »unangezogen« zu anziehend wirkt – es macht die Herren süchtig und die Damen eifersüchtig. Aber nun gar die Frage, auf was wohl die Neugierigen neugierig sind? Etwas Lächerlicheres als nach »Gott« zu fragen, ist für sie schwer denkbar. »Gott« ist in ihren Augen ein Forschungsgegenstand der Kulturgeschichte geworden; sie kann uns erklären, wie er abhanden kam durch den Handel und Wandel der Zeit: er war ein Herrschaftsmittel im Mittelalter, ein Kultfetisch im Feudalzeitalter, eine Feldstandarte in den Glaubenskriegen, ein Lobgesang auf den Geldgewinn in Staatsverfassung und Nationalhymne . . . Gott? Ein Feiertagsalibi des rechtschaffenen Bürgers, um sich von dem blutigen Unrecht seiner Werktage zu erholen und zu reinigen. Oder auch eine Voodoo-Statuette im Museum für Völkerkunde, eine Pretiose in der Antikensammlung – das ist der Hintergrund der »Missionsarbeit«, mit welcher unsere »christliche« Zivilisation alle unzivilisierten Heiden zu zivilisieren trachtet, indem sie den Zynismus ausbreitet, ihren »Glauben« an den Sieg der »besten« Waffen zu predigen sowie an die Ausbeutbarkeit des Menschen im Schatten militärisch gesicherter Macht und an die Rentabilität von Wirtschaftsinvestitionen zur Entwicklung unterentwickelter Weltregionen. Vielleicht ist die ganze Welt nichts als

angewandte Mathematik? Eine komplexe Zahl, mit der man in der Physik rechnen muß, um harmonische Bewegungen zu beschreiben?
Schon Shaw hat die imaginäre Einheit $\sqrt{-1}$ als $\sqrt{-x}$ mathematisch »erweitert« und ins Grenzenlose ausgedehnt – und noch »falscher« versteht ihn sein »Schwarzes Mädchen«, nämlich nicht als »Wurzel aus minus x«, sondern als »Wurzel aus [der Göttin] Mynas Sex«; doch es gibt Irrtümer, die schon wieder richtiger sind als die »Wahrheiten«, die sie mißverstehen.
Was denn schenkt uns die Physik oder die Mathematik für eine Hoffnung oder für einen Halt im Leben? Die Astronomie und Atomphysik sind sich einig: in etwa zwei Milliarden Jahren wird die Sonne beginnen, sich auszudehnen und alles Leben auf dem kleinen Planeten Erde verbrennen. Rechtfertigt vielleicht die alte Vorstellung von der Seele, die allem Lebendigen innezuwohnen scheint, begründet der »Vitalismus« den Glauben an ein Leben, das von allen materiellen Bedingungen unabhängig wäre? Oder ist »Seele« womöglich nur eine falsch verstandene Metapher zur Beschreibung materieller Sachverhalte? Sonderbar, mitten im aufgeklärtesten Rationalismus, mitten im Reden von Astrophysik und Evolution, mitten auf einem Kongreß für Neurophysiologie kann man mit Erstaunen feststellen, wie an und für sich gebildete Menschen zu ihrem eigenen Trost nach wie vor die alten metaphysischen Vorurteile weiterpflegen: die unsterbliche Seele, Himmel und Hölle ... Auf geradezu schizophrene Weise gehen da Reste aus der Steinzeit des Denkens mit Versatzstücken des Atomzeitalters eine abergläubische Verbindung ein, die aber wiederum sich als nützlich

erweisen kann zum Erhalt der bestehenden Machtverteilung in Politik, Kirche und Gesellschaft.
Redlichkeit des Denkens – das wäre der Entschluß, überholte Ansichten preiszugeben; es wäre das Ende des Unternehmens zahlloser Zeitgenossen, als geistige »Touristen« allerorten unverbindlich und ungebunden mal dies, mal das »kennenzulernen«.
Und ist es denn wirklich so sicher oder überhaupt auch nur wahr, daß die Erzeugung von Waren und Waffen auf dem »Weltmarkt« dem Leben der Menschen den versprochenen Nutzen zu bringen vermöchte? Seit den Tagen des Kolonialismus hält die westliche Kultur sich allen anderen für weit überlegen durch drei Faktoren: Sie verfügt über das Wissen mathematisch formulierbarer und technisch anwendbarer Gesetze der Natur und besitzt eben deshalb die weitesttragenden, die am meisten zerstörerischen Waffen. Gegen Sinnlosigkeit, Seelenverlust und Sklaverei andererseits hat sie den Trost rasch wirkender Drogen zu bieten, vom Alkoholkonsum bis zum Konsumalkoholismus. Dabei liegt es auf der Hand, daß auch die vermeintlich »primitiven«, in Wahrheit wohl nur tiefer »verwurzelten« Kulturen sehr rasch die »Kunst« des Zählens ebenso wie des Tötens von uns übernehmen können und sie vermutlich sehr bald schon gegen uns, ihre Zwingherrn, richten werden. Jedenfalls haben sie (noch) die Chance, an so etwas wie an einen Gott wirklich zu glauben, und ihre Art von Religion könnte der Eitelkeit und dem Dünkel der »christlichen« Kulturen förmlich »ins Gesicht schlagen«.
Damit ist der äußerste Punkt erreicht, bis wohin sich Shaws »Schwarzes Mädchen« von seinem Ursprungs-

ort her entfernen konnte; was es mit den »entwurzelten« Vagabunden unserer Tage, mit den »Neugierigen« auf der Suche nach *allem*, nach buchstäblich *nichts* also, erleben mußte, wird es zu einer Umkehr nötigen, indem es auf seinen eigenen Spuren zum Anfang zurückgeht. Die Zeit des »Entzweischlagens« mit dem Knüppel ist jetzt vorüber; es beginnt die Zeit einer langsam sich fügenden Einheit.

Noch einmal also geht es zurück zu den etablierten Religionen. Der Heilbringer des Christentums, der so menschlich wirkende »Zauberer am Brunnen«, muß inzwischen froh sein, daß er, auf den doch niemand hört, zumindest in der Pose des »Kruzifixus« den »Herrgottschnitzern« und Devotionalienhändlern für ein Trinkgeld Modell »liegen« kann; von seiner Frohbotschaft ist nichts übriggeblieben als eine schön gruselige, grausame Kriminalgeschichte, gemischt allenfalls noch mit dem Wunder»glauben« gewisser Wallfahrtsorte, ein Objekt des Kunsthandels und der Vermarktung.

Daneben aber tritt auch der Prophet Micha wieder auf, diesmal in Gestalt eines bilderfeindlichen Arabers, das heißt des Propheten *Mohammed*, der in Allah etwas so Erhabenes sieht, daß es sich in keiner irdischen Gestalt abbilden oder verkörpern läßt; ja, die Erhabenheit seines Gottes erscheint ihm wahrlich so sehr aller Menschheit entrückt, daß es nur richtig sein kann, mit göttlichem Zorn einen jeden zu töten, der es trotzdem wagen sollte, sich Bilder dieses Gottes herzustellen oder gar an der Gottheit selber zu zweifeln. Toleranz ist für einen solchen Verkünder Gottes nicht mehr als eine bedauerliche Schwäche und Trägheit des Charakters.

Denn dieser »Prophet Allahs« hat es verstanden, seine mangelnde persönliche Durchsetzungsfähigkeit zu überspielen, indem er sich eine kämpferische, gottergebene Truppe formte, die auszog, die Welt, den »Garten Gottes«, von allem Unnützen zu »jäten«. Gemessen an ihm, scheint jener so anders geartete »Zauberer« von geradezu kleinlichen Skrupeln besetzt: Darf man wirklich, fragt er sich, Menschen töten, wie man auf dem Acker Unkraut ausreißt, und wer soll entscheiden, was Kraut ist, was Unkraut? Zudem hat der Mann am Brunnen nie die Fähigkeit besessen, *ein Buch* zu schreiben, war er doch nur zum Reden, nicht zum Schreiben berufen. Jener »Araber« aber *hat* ein Buch verfaßt, in dem er sein Selbstwertgefühl ausspricht, der Träger göttlicher Eingebungen zu sein, und er hat es mit allen möglichen ausschweifenden Phantasien über die Wonnen des Paradieses und die Schrecknisse der Hölle angefüllt. Weil die Menschen offenbar unfähig sind, den Willen des Allmächtigen zu verstehen, war ihm als »Propheten« Allahs wirklich nichts anderes übrig geblieben, als sich vom Kameltreiber zum Menschentreiber aufzuschwingen und den Gläubigen anstelle des Gotteswillens *seinen* Willen aufzunötigen.
Da hat man sie also wieder – diese »praktische« Form des Gottesstellvertretertums, diese Manier und Manie eines prophetischen Unfehlbarkeitsanspruchs, diese gewaltsame Außenlenkung des Religiösen. Stets ist diese Mischung von einer enormen Durchschlagskraft und organisatorischen Stärke, doch bleibt sie, der Poesie beraubt, sonderbar banausisch. Gerade die ästhetische Seite des Christentums könnte hier wie eine Rettung wirken, wenn man imstande wäre, sie in ihrer

ganzen Entfaltungskraft freizusetzen. Nicht ein gekreuzigter »Zauberer», sondern Gott selbst als Künstler wäre dann die Grundlage des Religiösen. Statt die Bilder des Göttlichen mit Gott selbst zu verwechseln oder, reaktiv dazu, die künstlerischen Ausdrucksformen der Religion kategorisch zu unterdrücken, böte sich die Kunst selbst als die wahre Form der Verehrung eines künstlerischen Gottes an, und die Kreativität des Künstlers erwiese sich als die höchste Annäherung an die schöpferische Macht des Schöpfers selbst; ja, sie wäre es eigentlich, welche die Gestalten der Schönheit inmitten der Schöpfung in ihrer Idealität offenbarte und sie damit ihrer Vergänglichkeit entrisse.

Aber auch gegen eine solche Kunstreligion der Schönheit regt sich in Shaws »Schwarzem Mädchen« ein instinktiver Einwand: Kunst ist nicht Leben! Und nur im Leben wohnt Gott! Genauer gefragt: wie ist es möglich, selber die eigene Schönheit als Frau *zu leben* – und dabei vor allem die halb »tierische«, bocksfüßige, pangestaltige Seite des Menschen nicht länger als etwas »Unschamhaftes« zu verstecken und zu verdrängen, sondern als ein wahres lebendiges Kunstwerk zu bejahen? Wie ist es möglich, *das Leben selber als Kunstwerk* zu gestalten? Darauf käme es an.

Eine neue Form von Verantwortung artikuliert sich da, innerhalb deren die »Verdrängungsmoral« der Angst für Gewissenlosigkeit gilt und eine neue Rollenbeschreibung der Frau in der Religionsgeschichte sich formuliert und formiert: nicht ein Gott, der herabsteigt, um sich als Mann zu inkarnieren, sondern die Frau, die sich zu Gott erhöht, steht im Mittelpunkt einer solchen neuen Form von Frömmigkeit – die Frau als »Weltenformel«, die Göttin »Myna« – die Wurzel der Weiblichkeit, körperlos, eine komplexe Zahl, eine harmonische Schwingung der Ewigkeit . . .

Die Männer, wenn das Geltung hätte, würden aufhören, sich für ihre Verse und Lieder zu schämen, während sie immer noch stolz sind auf ihre Fähigkeit zum Töten; sie würden beginnen, offen von ihren Ängsten und Verunsicherungen zu sprechen und die Frauen nicht mehr wie Gefangene in ihren Palästen der Herrschsucht und Engstirnigkeit halten. Und die Frauen ihrerseits würden es nicht länger hinnehmen, ihren eigenen »Wert« nach der Philosophie von Deckhengsten beurteilen zu lassen. Es wird allzeit schwer genug bleiben, eine Art Unrecht auszugleichen, das die Natur selber über die Frauen verhängt hat, nämlich daß sie es sind, die unter Schmerzen Kinder gebären müssen; doch daß dazu noch soziale Unterdrückung und Abhängigkeit treten, das muß nicht sein und wird nicht mehr sein, solange die Suche nach Gott in der Weise weitergeht, wie Shaws »Schwarzes Mädchen« sie vorlebt.

Dann aber gilt es: Gott wird nur zu finden sein am Ende der Männerherrschaft! Und auch am Ende der Frauenherrschaft! Solange nur Männer reden oder nur Frauen den Ton angeben, wird »Gott« nicht zu finden sein. »Gott« als die Partnerschaft, Gott als das Leben . . . Es braucht nur noch *einen* Schritt, und das »Schwarze Mädchen« steht dicht am Ziel seiner Odyssee.

Die Wahrheit, nach der es suchte, findet sich überraschenderweise im Garten eines alten Philosophen: der von den christlichen »Vätern« so verachtete *Epikur* erscheint hier als Lehrmeister einer wahren Frömmigkeit. Er verkörpert die eigentliche Antwort auf den griechisch gebildeten »Prediger Salomonis«: Es ist *nicht* »alles eitel«! Wohl aber gilt es, nicht länger etwas »finden« zu wollen, sondern sich finden zu lassen. Wieviel Selbstüberschätzung steckt noch darin, sich als »Gottesfinder« darzustellen und am Ende doch wohl wieder auch als neuen »Gotteskünder« hinzustellen! Wer denn vermöchte Gott zu ertragen, ohne selber Gott zu sein? Weit besser, als die Pläne des Allmächtigen zu ergrübeln, wäre es, in seiner Gegenwart ein bescheidenes, überschaubares Leben zu führen, statt weiter mit dem Knotenstock dummdreiste Götzen zu zertrümmern.

An die Stelle der Gottsuche tritt nun also die Suche nach einer besseren, menschlicheren Welt, oder besser: was vordem »Religion« hieß, geht jetzt eine zwar recht unwillige, doch im ganzen vernünftige und vorteilhafte »Ehe« mit dem sozialen Leben ein. Eine Familie zu gründen, Haus und Garten in Ordnung zu halten, Kinder großzuziehen – das sind fortan Aufgaben genug, um den Geist des zur Frau gewordenen »Schwarzen Mädchens« zu beschäftigen. War die ganze Gottsucherei nicht nur eine recht pubertäre Angelegenheit, etwas sehr Idealistisches, Großes, aber doch auch Egozentrisches – das Ergebnis der alten biblischen Auffassung immer noch, das kleine Ich des Menschen stehe im Mittelpunkt des Universums? Wie, wenn »Gott« gar nicht das allervollkommenste Wesen wäre, als welches die Theologen ihn definieren, sondern etwas noch Fehlerhaftes, das zum Menschen ebenso will wie etwas im Menschen zu ihm? *Ein Gott im Werden* inmitten einer

werdenden Welt, in welche die Menschen eintreten zwischen Geburt und Tod, Jugend und Alter, und in der sie zueinander finden als Weiße und Schwarze, als »Gesittete« und »Unzivilisierte«, als Männer und Frauen, als ehemalige »Katholiken« und ehemalige »Heiden«? Die Frage nach »Gott« wird sowenig vergehen wie die Frage nach dem eigenen Ich, doch wird das »Schwarze Mädchen« als glücklich verheiratete Frau, deren Kinder inzwischen groß geworden sind, sie vermutlich gelassener und weiser stellen als in den Tagen des Bildersturzes ihrer Jugend.
Eine Entwicklungsparabel des Geistes also? Oder eher eine aphoristische Allegorie auf die Geistesgeschichte des Abendlandes, gesehen aus der unbefangenen Perspektive der »Primitiven«? Im Grunde beides. Denn jeder Mensch für sich muß durchleben und durchleiden, was in geistiger Auseinandersetzung das religiöse Suchen im Abendland wie im Morgenland der Menschheit geschenkt hat. Unübersehbar sind in der kleinen Parabel Shaws die philosophiegeschichtlichen Anspielungen. Was die *Bibel* betrifft, meinte schon Schleiermacher: »Ein frommer Mensch braucht nicht die Bibel, er ist die Bibel.« Die Kritik am Gott des Propheten Micha deckt sich vollkommen mit Kants »*Religion in den Grenzen der reinen Vernunft*«. Der Künstlergott des »Herrgottschnitzers« erinnert an Schellings »Idealismus«, die pangestaltige Gottheit mit dem böckischen Unterleib an Nietzsches »Dionysos als Gott«, die Idee eines »werdenden« Gottes an manche Gedanken bei Hegel und Max Scheler. Der Geist der Aufklärung, die Gedanken des revolutionären Tom Paine sind in all dem gegenwärtig. Literaturgeschicht-

lich weist Shaws »Schwarzes Mädchen« die wohl größte Verwandtschaft zu Voltaires *Candide* auf. Doch um solche Vergleiche und Ableitungen allein kann es nicht gehen. Schon der »Radius« der Wanderungen des »Schwarzen Mädchens« ist weit größer als der eines Candide. Nicht allein die Desillusionierung des biblischen Naturverständnisses steht hier zur Debatte, es geht vielmehr um die Destruktion und Rekonstruktion all dessen, was bislang »Religion« geheißen hat. Das freilich geschieht nicht dozierend, mit erhobenem Zeigefinger, sondern in einer entwaffnenden »Naivität«, wie Schiller sie als ein (unerreichbares!) Ideal des »Sentimentalischen« definiert hat. Das ganze Feuerwerk der Gedanken indessen dient einer einzigen Einsicht, die ebenso einfach zu verstehen wie schwierig zu vollziehen ist: man kann Fragen des Lebens nur lösen im Leben; die Lösung des Lebens aber besteht wohl immer wieder nicht darin, Antworten zu geben, die sich logisch formulieren ließen, sondern Erfahrungen zu vermitteln, die es erlauben, bestimmte Fragen selber nicht länger als so überaus dringlich zu erleben.

Alles in allem ein Buch, das »gottlos« genug ist, um »Gott« glaubhafter ins Gespräch zu bringen als die herkömmlichen Theologien, das »unfromm« und frech genug ist, die bestehende Form der etablierten Religion zu Freiheit und Autonomie hin zu öffnen, und das »unzivilisiert« genug ist, unserer herrschenden Zivilisation den Weg einer geistvolleren Menschheit zu weisen. Ein Buch, das zeitlos und doch so aktuell ist, daß man nur schwer glaubt, es könnte schon vor mehreren Jahrzehnten geschrieben sein.

Die Abenteuer des schwarzen Mädchens auf der Suche nach Gott

»Wo ist Gott?« sagte das schwarze Mädchen zu der Missionarin, die es bekehrt hatte.
»Er hat gesagt ›Suchet, so werdet ihr finden‹«, sagte die Missionarin.
Die Missionarin war eine kurzgewachsene weiße Frau, noch keine dreißig: eine wunderliche kleine Gestalt, die in ihrer hochachtbaren und ziemlich wohlhabenden Familie im heimatlichen England keine seelische Befriedigung gefunden und sich im afrikanischen Busch niedergelassen hatte, um kleine Afrikanerkinder zu lehren, Christus zu lieben und das Kreuz anzubeten. Sie war eine geborene Botschafterin der Liebe. Schon in der Schule hatte sie die eine oder andere ihrer Lehrerinnen verehrt mit einer abgöttischen Liebe, die jeder Schelte trotzte, aber für Mädchen ihres eignen Alters und Standes hatte sie sich nie besonders interessiert. Mit achtzehn begann sie sich in ernsthafte Geistliche zu verlieben und verlobte sich auch tatsächlich mit sechsen, hintereinander. Aber wenn es dann zur Sache kam, machte sie immer Schluß; denn diese Liebesverhältnisse, zunächst erfüllt von schwärmerischer Glückseligkeit und Erwartung, wurden am Ende irgendwie unwirklich und hatten nichts mehr mit ihr zu tun. Die solcherart plötzlich und ohne Erklärung entlobten Geistlichen verbargen nicht immer ein Gefühl der Erleichterung und Befreiung, als hätten auch sie entdeckt, daß der Traum nur ein Traum gewesen war oder eine Art Metapher, mittels derer sie danach gestrebt hatten, das Eigentliche auszudrücken – nicht aber das Eigentliche selbst.

Einer der Sitzengelassenen jedoch beging Selbstmord; und diese Tragödie bereitete der jungen Frau eine außerordentliche Freude. Es schien, als sei sie dadurch aus einem Narrenparadies falscher Glückseligkeit in einen Bereich der Wirklichkeit versetzt worden, in dem aus intensivem Leiden eine jenseitige Verzückung wurde.

Das aber setzte ihren sonderbaren Verlobungen ein Ende. Nicht daß es die letzte gewesen wäre. Doch warf ihr eine weltlich gesinnte Cousine, deren Witz sie ein wenig fürchtete und die sie rundheraus eine Kokotte und Schwindlerin nannte, eines Tages vor, sie spiele bei ihren nachfolgenden Verlobungen gezielt mit einem weiteren Selbstmord, und gab ihr zu verstehen, daß manche Frau schon wegen Geringerem gehängt worden sei. Und obwohl sie in gewisser Hinsicht wußte, daß dies nicht stimmte und daß die Cousine als weltliche Frau nichts davon verstand, wußte sie auch, daß es in weltlicher Hinsicht doch hinreichend stimmte und daß sie das befremdliche Spiel der Männerverführung bis hin zur Verlobung, die sie, wie ihr jetzt klar war, niemals einhalten würde, aufgeben mußte. So ließ sie auch den sechsten Geistlichen sitzen und machte sich auf den Weg, im dunkelsten Afrika das Kreuz aufzurichten; und ihre letzte Regung dessen, was sie selbst als Sünde verwarf, war eine auflodernde Wut, als der Mann die Cousine heiratete und dank deren Witz und weltlicher Weisheit schließlich noch Bischof wurde, was gar nicht in seiner Natur lag.

Das schwarze Mädchen, ein wohlgestaltetes Geschöpf, gegen dessen Satinhaut und glänzende Muskeln das weiße Missionarsvolk wie aschfahle Gespenster wirkte, war eine interessante, aber keine zufriedenstellende Konvertitin; statt daß es nämlich das Christentum in holder Fügsamkeit annahm, so wie man es ihm servierte, begegnete es ihm mit unerwarteten Zwischenfragen und Reaktionen, die seine Lehrerin nötigten, erklärende Antworten zu improvisieren und auf Anhieb Beweise zu erfinden, in einem solchen Maß, daß sie sich am Ende selbst nicht mehr verhehlen konnte, daß sie dem Leben Christi in ihrer Darstellung so viele umständliche Einzelheiten und einen solchen Wust an hausgemachten Lehren hinzugefügt hatte, daß die Evangelisten hoch erstaunt und verwirrt gewesen wären, wenn sie noch gelebt und mit angehört hätten, was alles unter Berufung auf sie verbreitet wurde. Ja, der Entschluß der Missionarin, zu einer besonders entlegenen Station überzuwechseln, der anfangs ein Akt der Hingabe gewesen war, erwies sich sehr bald als eine Notwendigkeit. Das Auftauchen einer konkurrierenden Missionsschwester nämlich hätte zu der Entdeckung führen müssen, daß zwar einige der besten Rosinen, die sie in ihren Evangeliumspudding gerührt hatte, aus der Bibel gepickt waren und daß sie auch die Kulissen und *dramatis personae* daraus entlehnt hatte, daß aber die so entstandene Religion, trotz dieses kompilatorischen Elements, in Wahrheit ein Ergebnis ihrer persönlichen und unmittelbaren Eingebung war. Nur als einsame Pionier-Missionarin konnte sie ihre eigene Kirche sein und deren Kanon selbst festlegen, ohne befürchten zu müssen, als Ketzerin exkommuniziert zu werden.

Doch war es vielleicht voreilig von ihr, daß sie dem schwarzen Mädchen, nachdem sie ihm das Lesen beigebracht hatte, eine Bibel zum Geburtstag schenkte.

Denn als das schwarze Mädchen, das die Antwort der Lehrerin wortwörtlich nahm, seinen Knotenstock ergriff und in den afrikanischen Busch zog, um Gott zu suchen, nahm es die Bibel als Wegweiser mit.
Das erste, was es traf, war eine Mamba, eine der wenigen Giftschlangen, die den Menschen angreifen, wenn er ihren Weg kreuzt. Nun hatte die Missionarin, die aus Tieren mit Vorliebe Schoßtiere machte, weil sie Zuneigung zeigten und niemals Fragen stellten, das schwarze Mädchen gelehrt, wenn irgend möglich nie ein Wesen zu töten und nichts zu fürchten. So packte es seinen Knotenstock nur etwas fester und sagte zu der Mamba: »Ich frage mich, wer dich gemacht hat und warum er dir den Willen gegeben hat, mich zu töten, und das Gift dazu.«
Da gab die Mamba dem Mädchen mit einer Drehung ihres Kopfes ein Zeichen, ihr zu folgen, und führte es zu einem Steinhaufen, auf dem thronte ein gutgebauter, vornehm aussehender weißer Mann mit schönen, regelmäßigen Zügen, einem imposanten Bart, üppigem welligen Haar – beides, Bart und Haar, weiß wie Marienglas – und einem unbarmherzig strengen Ausdruck. In seiner Hand hielt er einen Stab, der aussah wie eine Mischung aus Zepter, dickem Stock und großem Wurfspieß, und mit diesem tötete er sogleich die Mamba, die sich ihm demütig und anbetend näherte.
Das schwarze Mädchen, das gelernt hatte, nichts zu fürchten, fühlte, wie sich sein Herz gegen ihn verhärtete, teils, weil es meinte, starke Männer müßten schwarz sein und nur Missionarinnen weiß, teils, weil er seine Freundin, die Schlange, getötet hatte, und teils, weil er ein lächerliches weißes Nachthemd trug und es

damit an das einzige erinnerte, wozu seine Lehrerin es niemals zu bekehren vermocht hatte, nämlich die Pflicht, sich seines Körpers zu schämen und irgendwelche Röcke zu tragen. Es lag eine gewisse Verachtung in seiner Stimme, als es den Mann anredete.
»Ich suche Gott«, sagte es. »Kannst du mir den Weg zeigen?«
»Du hast ihn gefunden«, antwortete er. »Knie nieder und bete mich auf der Stelle an, du vermessene Kreatur, oder es soll dir vor meinem Zorn grauen. Ich bin der Herr der Heerscharen, Schöpfer von Himmel und Erde und allem, was dazugehört, Schöpfer auch des Schlangengifts und der Milch in deiner Mutter Brust. Tod und Krankheit liegen in meiner Hand, Donner und Blitz, Unwetter und Pestilenz und alle anderen Beweise meiner Größe und Majestät. Auf die Knie, Mädchen! Und wenn du wieder einmal vor mich trittst, dann bring mir dein Lieblingskind zum Opfer und erschlage es hier vor meinen Augen, denn ich liebe den Geruch von frischvergossenem Blut.«
»Ich habe kein Kind«, sagte das schwarze Mädchen. »Ich bin eine Jungfrau.«
»So hol deinen Vater und laß dich von ihm erschlagen«, sagte der Herr der Heerscharen. »Und sieh zu, daß mir deine Verwandten reichlich Böcke und Ziegen herbeischaffen und sie als Opfergaben vor mir rösten, um mich versöhnlich zu stimmen, sonst suche ich sie, verlaß dich drauf, mit den schrecklichsten Plagen heim, auf daß sie erkennen, daß ich Gott bin.«
»Ich bin kein kleines Negerkind, auch kein Erwachsener, der spinnt und solch boshaften Unsinn glaubt«, sagte das schwarze Mädchen. »Und im Namen des

wahren Gottes, den ich suche, werde ich dich unschädlich machen, wie du die arme Mamba unschädlich gemacht hast.« Und damit sprang es die Steine hoch auf ihn zu und schwang seinen Knotenstock.
Als es aber oben ankam, war nichts mehr da. Hierüber war es so verwirrt, daß es sich hinsetzte, die Bibel vornahm und Rat darin suchte. Doch ob sich nun die Ameisen über das Buch hergemacht hatten oder ob es, da es sehr alt war, dem natürlichen Zerfall unterlag, die Anfangsseiten hatten sich jedenfalls zu Staub zerkrümelt, der aufflog, als das Mädchen die Bibel öffnete.
Da seufzte es und erhob sich und machte sich weiter auf die Suche. Und schon störte es eine Art Kobra auf, eine sogenannte Brillenschlange, die es anzischte und wegglitt, als das Mädchen sagte: »Wag ja nicht, mich anzuspucken! Ich möchte wissen, wer dich gemacht hat und warum du so ganz anders bist als ich. Der Gott der Mamba war nicht zu gebrauchen: er war nicht wirklich. Ich habe ihn mit meinem Knotenstock auf die Probe gestellt. Führ mich zu deinem Gott!«
Alsbald kam die Brillenschlange zurück und gab dem Mädchen einen Wink, ihr zu folgen, was es auch tat.
Sie führte es auf eine freundliche Lichtung, da saß ein ältlicher Herr mit silberweißem Bart und Haar, ebenfalls in einem weißen Nachthemd, an einem Tisch, der mit einem weißen Tuch bedeckt war und übersät von Dichterhandschriften und Federkielen aus Engelsflügeln. Er sah eigentlich recht gutmütig aus, aber seine nach oben gebogenen Schnurrbartspitzen und Augenbrauen deuteten auf eine selbstzufriedene Schläue hin, die das schwarze Mädchen für albern hielt.
»Brave kleine Zisch-Zisch«, sagte er zu der Schlange.

»Du hast mir jemanden zum Streiten mitgebracht.« Und er schenkte der Schlange ein Ei, das sie fröhlich in den Busch davontrug.
»Hab keine Angst vor mir«, sagte er zu dem schwarzen Mädchen. »Ich bin kein grausamer Gott: ich bin ein vernünftiger. Ich tue nichts Schlimmeres als streiten. Ich treffe immer den Nagel auf den Kopf und habe immer recht. Verehr mich nicht. Mache mir Vorwürfe. Entdecke Fehler an mir. Schone nicht meine Gefühle. Gib mir etwas zu knacken und zu beißen, damit ich darüber streiten kann.«
»Hast du die Welt gemacht?« sagte das schwarze Mädchen.
»Natürlich«, sagte er.
»Warum hast du soviel Böses darin gemacht?« sagte es.
»Großartig!« sagte der Gott. »Genau das wollte ich von dir gefragt werden. Du bist ein kluges, ein gescheites Mädchen. Ich hatte einmal einen Diener namens Hiob, mit dem konnte ich Streitgespräche führen. Aber er war so bescheiden und schwer von Begriff, daß ich ihn mit den fürchterlichsten Mißgeschicken überschütten mußte, bis ich ihn soweit hatte, daß er sich beschwerte. Seine Frau gab ihm den Rat, mich zu verfluchen und zu sterben; und ich wundere mich nicht über die Arme, denn ich habe es ihm schrecklich schwergemacht, obwohl ich hinterher schon für Ausgleich sorgte. Als ich ihn endlich soweit hatte, daß er sich mit mir anlegte, hielt er noch große Stücke auf sich. Aber ich zeigte es ihm! Da gab er zu, daß ich ihm überlegen war. Den hab ich ganz schön kleingekriegt, sag ich dir.«
»Ich will keine Streitgespräche führen«, sagte das

schwarze Mädchen. »Ich will wissen, warum du die Welt so schlecht gemacht hast, falls du sie wirklich gemacht hast.«

»Schlecht!« schrie der Rechthaber, der immer den Nagel auf den Kopf traf. »Ho! Du spielst dich aber auf, willst mich gleich zur Rechenschaft ziehen! Wer bist du überhaupt, ich bitte sehr, daß du mich kritisierst? Kannst du denn eine bessere Welt machen? Versuch's doch mal, da hast du's schon. Versuch nur mal ein ganz kleines Stück davon zu machen, zum Beispiel einen Leviathan. Zieh ihm einen Haken durch die Nase und bring ihn mir, wenn du fertig bist. Begreifst du denn, du lächerliches kleines Wurm, daß ich nicht allein den Leviathan erschaffen habe, sondern auch das Meer, darin er schwimmt? Den ganzen mächtigen Ozean, hinab bis in die bodenlosen Tiefen und hinauf bis an den äußersten Horizont. Du glaubst wohl gar, das sei einfach gewesen! Du glaubst, du könntest es besser machen! Laß mich dir etwas sagen, junge Frau: Bilde dir lieber nichts ein. Nicht eine Maus könntest du erschaffen – und spielst dich vor mir auf, der ich das Riesenfaultier erschaffen habe. Keinen Tümpel könntest du erschaffen – und wagst es, mich, den Schöpfer der sieben Meere, anzusprechen. In fünfzig Jahren wirst du häßlich und alt und tot sein! Meine Herrlichkeit dagegen wird ewig dauern. Und du nimmst mich hier in die Pflicht, als wärst du meine Tante. Du glaubst wohl, nicht wahr, daß du besser bist als Gott? Was hast du auf dieses Argument zu sagen?«

»Das ist kein Argument, es ist eine abfällige Bemerkung«, sagte das schwarze Mädchen. »Du scheinst nicht zu wissen, was ein Argument ist.«

»Was! Ich, der ich den Hiob kleingekriegt habe, wie alle Welt zugibt, ich soll nicht wissen, was ein Argument ist! Da kann ich nur lachen, Kind«, sagte der alte Herr ziemlich beleidigt, aber zu überrascht, um die Lage ganz zu erfassen.

»Es macht mir nichts, wenn du mich auslachst«, sagte das schwarze Mädchen. »Aber du hast mir immer noch nicht gesagt, warum du die Welt nicht durch und durch gut gemacht hast, statt gut und böse vermischt. Es ist keine Antwort, wenn du mich fragst, ob ich sie hätte besser machen können. Wenn ich Gott wäre, gäbe es keine Tse-Tse-Fliegen. Meine Menschen würden nicht in Krämpfen zu Boden fallen und hätten keine schrecklichen Geschwüre und würden keine Sünden begehen. Warum hast du der Mamba einen Giftzahn gegeben, wo andere Schlangen ebensogut auch ohne ihn leben können? Warum hast du die Affen so garstig gemacht und die Vögel so niedlich?«

»Warum nicht?« sagte der alte Herr. »Antworte mir!«

»Warum? Es sei denn, du bist schadenfroh«, sagte das schwarze Mädchen.

»Die Frage einfach umdrehen, das ist kein Disputieren«, sagte er. »Da hört das Spiel auf.«

»Ein Gott, der meine Fragen nicht beantworten kann, nützt mir nichts«, sagte das schwarze Mädchen. »Übrigens, wenn du wirklich alles gemacht hättest, dann wüßtest du auch, warum du den Leviathan so häßlich gemacht hast, wie er auf den Bildern aussieht.«

»Und wenn ich meinen Spaß haben wollte und ihm deshalb ein so komisches Aussehen gegeben habe, was geht dich das an?« sagte er. »Wer bist du, mir vorzuschreiben, wie ich die Dinge machen soll?«

»Ich hab dich satt«, sagte das schwarze Mädchen. »Immer wieder verfällst du in die gleichen schlechten Manieren. Ich glaube nicht, daß du überhaupt jemals etwas gemacht hast. Hiob muß sehr einfältig gewesen sein, dich nicht zu durchschauen. Es gibt zu viele alte Männer hier im Busch, die tun, als wären sie Götter.«
Mit hocherhobenem Knotenstock sprang es auf ihn zu, er aber duckte sich behend unter den Tisch, der, wie es dem Mädchen schien, sogleich im Erdboden versunken sein mußte, denn als es hinkam, war nichts mehr da. Und wie es nun wieder Zuflucht zu seiner Bibel nahm, packte der Wind die nächsten dreißig Seiten, riß sie heraus und zerfledderte sie über den Bäumen zu Staub.
Nach diesem Abenteuer wurde das schwarze Mädchen entschieden trübsinnig. Es hatte Gott nicht gefunden, die Bibel war halb zerfetzt, und zweimal hatte es die Nerven verloren ohne das geringste Ergebnis. Es begann sich selbst zu fragen, ob es weiße Bärte und hohes Alter und Nachthemden nicht überbewertet hatte als göttliche Wahrzeichen. Zum Glück begegnete es in dieser Stimmung, alsbald einem auffallend gutaussehenden, sauber rasierten weißen Jüngling in einer griechischen Tunika. Nie zuvor hatte es etwas Ähnliches gesehen. Besonders seine hochgezogenen und nach außen gezwirbelten Augenbrauen fand es anziehend und abstoßend zugleich.
»Entschuldigung, Baas«*, sagte es. »Du hast wissende Augen. Ich suche Gott. Kannst du mir den Weg zeigen?«

* Südafrikanische Anrede: (mein) Herr

»Belaste dich nicht damit«, sagte der Jüngling. »Nimm die Welt, wie sie ist, denn jenseits von ihr gibt es nichts. Alle Wege enden im Grab, dem Tor zum Nichts, und im Schatten des Nichts ist alles eitel. Folg meinem Rat und suche nicht weiter als bis zu deiner Nasenspitze. Dann weißt du immer, daß es jenseits davon noch etwas gibt, und in diesem Wissen wirst du hoffnungsvoll und glücklich sein.«

»Mein Verstand reicht aber weiter«, sagte das schwarze Mädchen. »Es ist nicht recht, die Augen zu verschließen. Mehr als Glück oder Hoffnung wünsche ich mir ein Wissen um Gott. Gott ist mein Glück und meine Hoffnung.«

»Was aber, wenn du entdeckst, daß es keinen Gott gibt?« sagte der Jüngling.

»Ich wär eine schlechte Frau, wenn ich nicht wüßte, daß Gott existiert«, sagte das schwarze Mädchen.

»Wer hat dir denn das erzählt?« sagte der Jüngling. »Du solltest nicht zulassen, daß jemand deine Gedanken so eingrenzt und beengt. Außerdem, warum eigentlich solltest du keine schlechte Frau sein?«

»Das ist Unfug«, sagte das schwarze Mädchen. »Eine schlechte Frau sein, heißt etwas sein, was man nicht sein soll.«

»Du mußt erst mal herausfinden, was du eigentlich sein solltest, dann kannst du sagen, ob du eine gute oder eine schlechte Frau bist.«

»Das stimmt«, sagte das schwarze Mädchen. »Aber ich weiß, daß ich eine gute Frau sein soll, selbst wenn es schlecht ist, gut zu sein.«

»Das hat weder Sinn noch Verstand«, sagte der Jüngling.

»Nicht deine Art Sinn und Verstand, aber Gottes Art«, sagte es. »Diese Art Sinn und Verstand möchte ich haben, und ich spüre: wenn ich soweit bin, werde ich Gott auch finden können.«

»Wie kannst du wissen, was du einmal finden wirst?« sagte er. »Ich rate dir, tu alle Arbeit, die auf dich zukommt, solange du kannst so gut wie möglich, und fülle auf diese Weise die Tage, die dir gegeben sind, nützlich und ehrenhaft aus, bevor das unvermeidliche Ende kommt und es weder Rat noch Arbeit, weder Tun noch Wissen, ja nicht einmal mehr ein Sein geben wird.«

»Es wird eine Zukunft geben nach meinem Tod«, sagte das schwarze Mädchen. »Wenn ich sie auch nicht erleben kann, so kann ich doch von ihr wissen.«

»Kennst du denn die Vergangenheit?« sagte der Jüngling. »Wenn schon die Vergangenheit, die es ja tatsächlich gegeben hat, außerhalb deines Wissens liegt, wie kannst du hoffen, die Zukunft zu kennen, die noch gar nicht gewesen ist?«

»Und doch wird sie kommen, ich weiß genug von ihr, um dir sagen zu können, daß die Sonne jeden Tag aufgehen wird«, sagte das schwarze Mädchen.

»Auch das ist eitler Wahn«, sagte der weise Jüngling. »Die Sonne brennt, und eines Tages wird sie sich verzehrt haben und ausgebrannt sein.«

»Das Leben ist eine Flamme, die ständig brennt und sich verzehrt. Aber sie fängt jedesmal wieder Feuer, wenn ein Kind geboren wird. Das Leben ist größer als der Tod und Hoffnung größer als Verzweiflung. Ich will die Arbeit tun, die auf mich zukommt, wenn ich nur weiß, daß es gute Arbeit ist. Und um das zu wissen,

muß ich die Vergangenheit und die Zukunft kennen – und muß Gott kennen.«
»Du meinst, du mußt Gott *sein*«, sagte er und blickte das Mädchen fest an.
»Soweit mir das möglich ist«, sagte es. »Danke. Wir, die wir jung sind, wissen das am besten. Ich habe von dir gelernt, daß Gott kennen dasselbe ist wie Gott sein. Du hast meine Seele gestärkt. Bevor ich von dir gehe, sage mir noch, wer du bist.«
»Ich bin Kohelet, vielen bekannt als *Ecclesiastes* der Prediger«, erwiderte er. »Gott sei mit dir, wenn du ihn finden kannst! Mit mir ist er nicht. Lerne Griechisch: es ist die Sprache der Weisheit. Lebe wohl.«
Er machte eine freundliche Geste und ging weiter. Das schwarze Mädchen lief in die entgegengesetzte Richtung und überlegte angestrengter denn je. Aber die Gedankenkette, die der Jüngling in Bewegung gesetzt hatte, wurde so unerklärlich und schwierig, daß es schließlich einschlief und im Schlaf immer weiterging, bis es den Geruch eines Löwen witterte und diesen, plötzlich erwachend, mitten auf dem Weg vor sich sitzen sah, wo er sich sonnte wie eine Katze am Herd: einer jener Löwen, die angeblich keine »richtige« Mähne haben, nur weil ihre Mähne schön ordentlich liegt und nicht wie ein zerzauster Staubwedel aussieht.
»Grüß Gott, Dicky«, sagte das Mädchen und zupfte ihn im Vorbeigehen zärtlich an der Kehle, was sich anfühlte, als zupfe es an einem der warmen Moosbüschel oben im Gebirge.
Der König der Tiere strahlte gnädig und folgte dem Mädchen mit den Augen, als habe er plötzlich das Bedürfnis, mit spazierenzugehen; doch dafür ging das

Mädchen viel zu entschlossen seines Weges. Dann aber entsann es sich, daß es im Busch zahlreiche weniger liebenswürdige und auch stärkere Geschöpfe als den Löwen gab, und ging vorsichtiger weiter, bis es auf einen finsteren Mann mit welligem schwarzem Haar und ausladender Nase traf. Er hatte nichts am Leib außer ein Paar Sandalen. Sein Gesicht war ganz verrunzelt, aber es waren Runzeln des Mitleids und der Güte, obwohl die ausladende Nase breite, beherzte Nüstern hatte und seine Mundwinkel entschlossen aussahen. Das Mädchen hörte ihn, noch ehe es ihn sah, denn er gab seltsam stöhnende und heulende Laute von sich und schien in großer Bedrängnis. Als er das Mädchen erblickte, hörte er auf zu stöhnen und gab sich Mühe, ganz normal und unbekümmert auszusehen.
»Sprich, Baas«, sagte das Mädchen, »bist du der Prophet, der nackt und bloß einhergeht, heulend wie die Drachen und klagend wie die Eulen?«
»Ein wenig schon«, sagte er entschuldigend. »Micha ist mein Name: Micha aus Moreseth. Kann ich etwas für dich tun?«
»Ich suche Gott«, antwortete das Mädchen.
»Und hast du ihn gefunden?« sagte Micha.
»Ich habe einen alten Mann gefunden, der wollte, daß ich Tiere für ihn röste, weil er so gern Gebratenes roch, und daß ich ihm meine Kinder auf dem Altar opfere.«
Da stieß Micha einen so jammervollen Klagelaut aus, daß der König der Tiere schleunigst Deckung im Busch suchte und sich dort mit hin- und herpeitschendem Schwanz als Beobachter niederließ.
»Das ist ein Betrüger und Schreckgespenst«, heulte Mi-

cha. »Kannst du dir denn vorstellen, daß du mit verbrannten einjährigen Kälbern vor Gott den Erhabenen hintrittst? Würde er an Tausenden von Widdern oder Strömen von Öl oder an der Opferung deines erstgeborenen Kindes, der Frucht deines Leibes, Gefallen finden, als Ersatz für die Hingabe deiner Seele? Gott hat deiner Seele gezeigt, was gut ist, und deine Seele hat dir gesagt, daß er die Wahrheit spricht. Und was sonst verlangt er von dir, als Gerechtigkeit zu üben und die Barmherzigkeit zu lieben und demütig mit ihm zu wandeln?«

»Dies ist ein dritter Gott«, sagte das schwarze Mädchen, »und er gefällt mir viel besser als der eine, der Opfer wollte, und der andere, der mit mir streiten wollte, nur um meine Schwachheit und Unwissenheit zu verhöhnen. Aber Gerechtigkeit üben und Barmherzigkeit erweisen ist nur ein kleiner Teil des Lebens, wenn man kein Baas oder Richter ist. Und was nützt es schon, demütig zu wandeln, wenn man nicht weiß, wohin man wandelt?«

»Wandle in Demut, und Gott wird dich führen«, sagte der Prophet. »Was kümmert's dich, wohin er dich führt?«

»Er hat mir Augen gegeben, damit ich mich selbst führe«, sagte das schwarze Mädchen. »Er hat mir Verstand gegeben und die Freiheit, ihn zu benutzen. Wie kann ich nun zu ihm kommen und verlangen, daß er für mich sieht und für mich denkt?«

Michas einzige Antwort war ein so furchtbares Aufbrüllen, daß der König der Tiere vollends ausriß und ohne innezuhalten zwei Meilen weit rannte. Und das schwarze Mädchen tat das gleiche – in die entgegengesetzte Richtung. Allerdings rannte es nur eine Meile weit.

»Wovor renne ich denn davon?« sagte es zu sich und riß sich zusammen. »Ich habe doch keine Angst vor dem guten alten Mann, der soviel Lärm macht.«

»Deine Ängste und Hoffnungen sind nur Einbildungen«, sagte da eine Stimme in der Nähe. Sie kam von einem sehr kurzsichtigen älteren Mann mit Brille, der auf einem knorrigen Baumstumpf saß. »Beim Wegrennen bist du einem bedingten Reflex gefolgt. Es ist ganz einfach. Da du unter Löwen gelebt hast, verbindest du lautes Aufbrüllen von Kindheit an mit tödlicher Gefahr. Daher deine überstürzte Flucht, als der abergläubische alte Esel dich anbrüllte. Diese bemerkenswerte Entdeckung hat mich fünfundzwanzig Jahre hingebungsvoller Forschungsarbeit gekostet, in deren Verlauf ich unzähligen Hunden das Gehirn herausgeschnitten und ihren Speichel beobachtet habe, indem ich ihnen Löcher in die Wangen bohrte, durch die er dann, statt über die Zunge, abfließen konnte. Die ganze wissenschaftliche Welt liegt mir in Bewunderung dieser enormen Leistung zu Füßen und ist dankbar für die Aufklärung der großen Fragen menschlichen Verhaltens.«

»Warum hast du nicht mich gefragt?« sagte das schwarze Mädchen. »Ich hätte dir alles in fünfundzwanzig Sekunden erzählen können, ohne die armen Hunde zu quälen.«

»Deine Ignoranz und Anmaßung sind unsäglich«, sagte der kurzsichtige Alte. »Die Tatsache selbst war natürlich jedem Kind bekannt – aber sie war noch nie experimentell im Labor nachgewiesen worden und folglich wissenschaftlich nicht bekannt. Als unbestätigte Vermutung kam sie auf mich zu, als Wissenschaft habe ich sie weitergegeben. Darf ich fragen, ob du je ein Experiment durchgeführt hast?«

»Mehrere«, sagte das schwarze Mädchen. »Gleich jetzt will ich eins durchführen. Weißt du, worauf du gerade sitzt?«

»Ich sitze auf einem altersgrauen Baumstumpf mit unangenehm rauher Rinde«, sagte der Kurzsichtige.

»Du irrst«, sagte das schwarze Mädchen. »Du sitzt auf einem schlafenden Krokodil.«

Da sprang der Kurzsichtige mit einem gellenden Schrei, um den ihn sogar Micha hätte beneiden können, auf und floh in hellem Entsetzen zu einem benachbarten Baum, den er katzengleich mit einer Behendigkeit erkletterte, die für einen so alten Herrn durchaus übermenschlich war.

»Komm herunter«, sagte das schwarze Mädchen. »Eigentlich solltest du wissen, daß Krokodile nur in der Nähe von Flüssen zu finden sind. Ich habe nur mal ein Experiment ausprobiert. Komm herunter!«

»Wie soll ich denn da hinunterkommen?« sagte der Kurzsichtige zitternd. »Ich würde mir ja das Genick brechen.«

»Und wie bist du hinaufgekommen?« sagte das schwarze Mädchen.

»Das weiß ich nicht«, erwiderte er, den Tränen nahe. »Aber es reicht, um einen Mann so weit zu bringen, daß er an Wunder glaubt. Nie hätte ich diesen Baum hochklettern können, und doch bin ich hier und werde niemals wieder hinunterkommen.«

»Ein sehr interessantes Experiment, nicht wahr?« sagte

das schwarze Mädchen.
»Ein schändlich grausames, du hinterlistiges Ding«, stöhnte er. »Ich muß schon bitten! Ist dir überhaupt in den Sinn gekommen, daß du mich hättest töten können? Glaubst du, man kann einem empfindlichen physiologischen Organismus wie dem meinen einen so heftigen Schock versetzen ohne bedenklichste und wahrscheinlich tödliche Auswirkungen auf das Herz? Nie wieder, solange ich lebe, werde ich auf einem Baumstumpf sitzen können. Ich glaube, mein Puls ist völlig anormal, obwohl ich ihn nicht messen kann, denn wenn ich den Ast hier loslasse, falle ich hinunter wie ein Stein.«
»Wenn du einem Hund das halbe Gehirn herausschneiden kannst ohne irgendwelche Auswirkungen auf seinen Speichel, dann brauchst du dir keine Sorgen zu machen«, sagte das Mädchen ruhig. »Ich halte die afrikanische Magie für weitaus mächtiger als deine Wahrsagekunst an Hunden. Ein einziges Wort habe ich gesagt, und schon bist du wie eine Katze den Baum hochgeklettert. Du gibst ja selbst zu, das war ein Wunder.«
»Ich wünschte, du würdest noch mal ein Wort sagen und mich wieder heil hier herunterbringen, verfluchte schwarze Hexe, du!« knurrte er.
»Mach ich«, sagte das schwarze Mädchen. »Da, hinter deinem Nacken züngelt gerade eine Baumschlange!«
Im Nu war der Kurzsichtige am Boden und also endlich unten gelandet, zwar auf dem Rücken, doch rappelte er sich sofort auf die Füße und sagte: »Du hast mich nicht reingelegt, glaub das ja nicht. Ich wußte sehr wohl, daß du die Schlange erfunden hast, nur um mich zu erschrecken.«

»Und doch bist du so erschrocken, als wäre eine wirkliche Schlange dagewesen«, sagte das schwarze Mädchen.
»Bin ich nicht«, sagte der Kurzsichtige entrüstet. »Ich bin kein bißchen erschrocken.«
»Den Baum aber bist du runtergesaust, als ob du erschrocken wärest«, sagte das schwarze Mädchen.
»Das eben ist ja so interessant«, sagte der Kurzsichtige, der seine Selbstbeherrschung, nun da er sich in Sicherheit fühlte, wiederfand. »Es war ein bedingter Reflex. Ich frage mich, ob ich wohl einen Hund dazu bringen könnte, einen Baum hochzuklettern.«
»Wozu?« sagte das schwarze Mädchen.
»Nun, um das Phänomen auf eine wissenschaftliche Basis zu stellen«, sagte er.
»Unsinn!« sagte das schwarze Mädchen. »Ein Hund kann keinen Baum hochklettern.«
»Ich auch nicht, wenn ich nicht das Stimulans eines eingebildeten Krokodils habe«, sagte der Professor. »Wie aber bringe ich einen Hund dazu, sich ein Krokodil vorzustellen?«
»Mach ihn erst mal mit ein paar echten bekannt«, sagte das schwarze Mädchen.
»Das würde ganz schön teuer kommen«, sagte der Kurzsichtige und runzelte die Stirn. »Hunde sind billig, wenn man sie den professionellen Hundedieben abkauft oder sich eindeckt, sobald die Hundesteuer fällig wird. Krokodile aber würden sehr ins Geld gehen. Das muß ich mir noch genau überlegen.«
»Ehe du gehst«, bat das schwarze Mädchen, »sag mir noch, ob du an Gott glaubst.«
»Gott ist eine unnötige und widerlegte Hypothese«, sagte der Kurzsichtige. »Das Universum ist nichts als

ein gigantisches System aus Reflexen, die sich durch Erschütterungen fortpflanzen. Wenn ich dir ans Knie schlage, bewegt sich dein Fußgelenk.«

»Und du kriegst einen Schlag mit meinem Knüppel. Tu's also nicht«, sagte das schwarze Mädchen.

»Für wissenschaftliche Zwecke ist es unerläßlich, solche sekundären und augenscheinlich irrelevanten Reflexe zu unterbinden, weshalb man die Versuchsobjekte festschnallt«, sagte der Professor. »Dennoch sind sie durchaus relevant als Beispiele für Reflexe, die durch Ideen-Assoziationen hervorgerufen werden. Ich habe fünfundzwanzig Jahre damit verbracht, ihre Auswirkungen zu studieren.«

»Auswirkungen auf was?« sagte das schwarze Mädchen.

»Auf den Speichelfluß eines Hundes«, sagte der Kurzsichtige.

»Und bist du jetzt klüger und weiser?« sagte es.

»Weisheit interessiert mich nicht«, entgegnete er. »Ja, wirklich, ich weiß nicht mal, was das bedeutet, und habe keinen Grund zu glauben, daß es dergleichen überhaupt gibt. Mein Beruf ist es, etwas herauszufinden, was vorher noch nicht bekannt war. Diese Erkenntnis teile ich der Welt mit und erweitere dadurch den Bestand gesicherter wissenschaftlicher Fakten.«

»Und wieviel besser wird die Welt sein, wenn es nur noch Wissen gibt und kein Erbarmen mehr?« sagte das schwarze Mädchen. »Hast du nicht Grips genug, dir einen anständigen Weg auszudenken, wie du entdecken kannst, was du wissen möchtest?«

»Grips!« schrie der Kurzsichtige, als traue er seinen Ohren nicht. »Junge Frau, du mußt schon ein ungewöhnlich dummes Ding sein! Weißt du denn nicht, daß die Männer der Wissenschaft von Kopf bis Fuß aus Grips bestehen?«

»Erzähl das dem Krokodil«, sagte das schwarze Mädchen. »Und mir erzähl folgendes: Hast du jemals bedacht, was für eine Wirkung deine Experimente auf anderer Leute Geist und Charakter haben? Lohnt es sich denn, die eigene Seele zu verlieren und die aller anderen zu verderben, nur um etwas über den Hundespeichel herauszufinden?«

»Du gebrauchst Wörter, die nichts bedeuten«, sagte der Kurzsichtige. »Kannst du mir das Vorhandensein jenes Organs, das du Seele nennst, auf dem Operationstisch oder im Sezierraum vorführen? Kannst du den Vorgang, den du Verderben nennst, im Labor wiederholen?«

»Ich kann einen lebenden Körper mit einer Seele in einen toten ohne Seele verwandeln durch einen Hieb mit meinem Stock«, sagte das schwarze Mädchen, »und den Unterschied wirst du bald darauf sehen und riechen. Wenn Menschen ihre Seele verderben, indem sie etwas Böses tun, siehst du den Unterschied auch bald darauf.«

»Ich habe schon einen Menschen sterben gesehen, nie aber habe ich gesehen, wie jemand seine Seele verdirbt«, sagte der Kurzsichtige.

»Aber du hast ihn vor die Hunde gehen sehen«, sagte das schwarze Mädchen. »Du selbst bist ja auch auf den Hund gekommen, nicht wahr?«

»Sehr spitzfindig und außerdem maßlos persönlich«, sagte der Kurzsichtige hochnäsig. »Ich gehe.«

Und damit ging er seines Weges und überlegte hin und

her, wie er wohl einen Hund dazu bringen könne, auf einen Baum zu klettern, um damit wissenschaftlich nachzuweisen, daß er selbst hatte hinaufklettern können. Und das schwarze Mädchen ging wieder in die entgegengesetzte Richtung, bis es an einen Hügel kam, auf dessen Höhe ein riesiges Kreuz stand, das von einem römischen Soldaten mit Speer bewacht wurde. Nun haßte das schwarze Mädchen das Kreuz aber, trotz der Lehren der Missionarin, die angesichts der Greuel der Kreuzigung das gleiche sonderbare Glücksgefühl empfand wie damals, als sie ihr eigenes Herz und das ihrer Liebhaber gebrochen hatte, und hielt es für jammerschade, daß Jesus nicht friedlich und schmerzlos und eines natürlichen Todes gestorben war, hochbetagt und weise, ein Beschützer seiner Enkelinnen vor der Selbstsucht und Gewalttätigkeit ihrer Eltern (denn das schwarze Mädchen ergänzte das Bild in seiner Fantasie immer mit mindestens zwanzig vielversprechenden schwarzen Enkeltöchtern). Es wandte sich daher mit einem Ausdruck des Ekels von dem Kreuz ab. Aber schon sprang ihm der römische Soldat mit gezücktem Speer entgegen und schrie wütend: »Auf die Knie, Mohrin, vor dem Werkzeug und Wahrzeichen der römischen Gerechtigkeit, römischer Gesetze und römischer Ruhe und Ordnung!«

Das schwarze Mädchen jedoch wich dem Speer seitlich aus und ließ seinen Knotenstock so schwungvoll und beherzt auf den Nacken des Soldaten sausen, daß dieser der Länge nach zu Boden fiel und sich vergeblich mühte, seine beiden zappelnden Beine so weit aufeinander abzustimmen, daß er aufstehen konnte. »Das hier«, sagte das schwarze Mädchen, indem es dem Römer den Knotenstock vorhielt, »ist das Werkzeug und Wahrzeichen der Mohren für all diese guten Dinge. Wie gefällt es dir?«

»Verdammt«, ächzte der Soldat. »Der alte Hase der Zehnten Legion von einer schwarzen Hündin erledigt! Das ist das Ende der Welt.« Und er hörte auf zu zappeln und lag da und weinte wie ein Kind.

Aber noch ehe sich das Mädchen sehr weit entfernt hatte, erholte er sich wieder. Nur konnte er, da er ein römischer Soldat war, seinen Posten nicht verlassen, um seinen Gefühlen Genugtuung zu verschaffen. Das letzte, was das Mädchen von ihm sah, bevor die Kuppe des Hügels ihnen beiden die Sicht nahm, war seine Faust, die er ihr hinterherschüttelte; und das letzte, was es von ihm hörte, braucht hier nicht wiederholt zu werden.

Das nächste Abenteuer erlebte das Mädchen an einem Brunnen, wo es haltmachte, um zu trinken, und plötzlich einen Mann erblickte, den es zuerst nicht gesehen hatte und der neben dem Brunnen saß. Wie es nun etwas Wasser mit der Hand schöpfen wollte, holte er aus dem Nichts einen Becher hervor.

»Nimm dies und trinke zu meinem Gedächtnis.«

»Danke, Baas«, sagte das Mädchen und trank. »Herzlichen Dank.«

Es gab ihm den Becher zurück, und er ließ ihn wie ein Taschenspieler verschwinden, worüber das Mädchen lachte und er auch. »Das war gekonnt, Baas«, sagte es. »Bist ein großer Zauberer! Vielleicht kannst du der Negerin etwas beibringen. Ich suche Gott. Wo ist er?«

»In dir«, sagte der Zauberer. »Und auch in mir.«

»Das glaube ich«, sagte das Mädchen. »Aber was ist er?«
»Unser Vater«, sagte der Zauberer.
Das schwarze Mädchen verzog das Gesicht und dachte einen Augenblick nach.
»Warum nicht unsere Mutter?« sagte es dann.
Nun war der Zauberer an der Reihe, das Gesicht zu verziehen. »Unsere Mütter wollen immer, daß wir sie noch vor Gott stellen«, sagte er. »Hätte ich mich von meiner Mutter bestimmen lassen, ich wäre vielleicht ein reicher Mann geworden, kein Ausgestoßener und Landstreicher. Aber Gott hätte ich sicher nicht gefunden.«
»Mein Vater hat mich von klein auf geprügelt, bis ich groß und stark genug war, ihn mit meinem Knüppel umzulegen«, sagte das schwarze Mädchen, »und selbst dann noch hat er versucht, mich an einen weißen Baas, einen Soldaten, zu verkaufen, der seine Frau auf der anderen Seite des großen Wassers hatte sitzenlassen. Ich habe mich immer geweigert zu sagen ›Vater unser, der du bist im Himmel‹. Ich sage immer ›Großvater unser‹. Ich will keinen Gott, der mein Vater ist.«
»Das soll uns aber nicht hindern, einander wie Bruder und Schwester zu lieben«, sagte der Zauberer lächelnd; denn der Zusatz mit dem Großvater kitzelte seinen Sinn für Humor. Überdies war er gutmütig und lächelte immer, wenn er konnte.
»Eine Frau liebt ihren Bruder nicht«, sagte das schwarze Mädchen. »Ihr Herz wendet sich ab von ihrem Bruder und hin zu einem Fremden, wie mein Herz sich dir zuwendet.«
»Gut, lassen wir die Familie! Es ist ja nur bildlich ge-

meint«, sagte der Zauberer. »Wir sind alle Glieder am selben Körper der Menschheit und deshalb als Teile auch untereinander verbunden. Wollen wir so verbleiben.«
»Das kann ich nicht, Baas«, sagte das Mädchen. »Gott sagt mir, daß er nichts zu tun hat mit Körpern und Vätern und Müttern und Schwestern und Brüdern.«
»Es ist nur ein Ausdruck für ›Liebet einander‹, mehr nicht«, sagte der Zauberer. »Liebet die, die euch hassen. Segnet die, die euch fluchen. Vergiß nie, daß zweimal schwarz nicht weiß ist.«
»Ich will gar nicht, daß jeder mich liebt«, sagte das schwarze Mädchen. »Ich kann nicht jeden lieben. Und will es auch nicht. Gott sagt mir, daß ich mit meinem Knüppel nicht einfach auf Leute einschlagen darf, nur weil sie mir nicht gefallen, und daß ihre Abneigung gegen mich – wenn zufällig auch ich ihnen nicht gefalle – ihnen kein Recht gibt, mich zu schlagen. Aber Gott selbst hat mich nun mal so gemacht, daß viele Leute mir nicht gefallen. Und es gibt auch welche, die man töten muß, wie Schlangen, weil sie Räuber sind und andere Menschen töten.«
»Ich wünschte, du würdest mich nicht an diese Leute erinnern«, sagte der Zauberer. »Sie machen mich sehr unglücklich.«
»Die Dinge werden sehr angenehm, wenn man die unangenehmen Dinge vergißt«, sagte das schwarze Mädchen. »Aber sie werden dadurch nicht glaubhaft, und sie werden auch nicht richtig. Baas, liebst du mich wirklich und wahrhaftig?«
Der Zauberer wich zurück, lächelte aber gleich darauf gütig und antwortete: »Wir wollen keine persönliche

Angelegenheit daraus machen.«

»Aber wenn es keine persönliche Angelegenheit ist, hat es doch gar keinen Sinn«, sagte das schwarze Mädchen. »Angenommen, ich sage dir, ich liebe dich, wie ich es ja deiner Meinung nach sollte! Spürst du dann nicht, daß ich mir dir gegenüber zu viel Freiheit herausnehme?«

»Bestimmt nicht«, sagte der Zauberer. »Das darfst du nicht denken. Wenn du auch schwarz bist und ich weiß, vor Gott, der uns so geschaffen hat, sind wir dennoch gleich.«

»Daran denke ich überhaupt nicht«, sagte das schwarze Mädchen. »Während ich vorhin redete, habe ich ganz vergessen, daß ich schwarz bin und du nur ein armer Weißer. Stell dir vor, ich wäre eine weiße Königin und du ein weißer König. Was ist los? Warum bist du zusammengezuckt?«

»Nichts, nichts«, sagte der Zauberer. »Vielmehr – – nun gut, ich bin der ärmste aller armen Weißen, und doch habe ich mich für einen König gehalten. Aber das war, als mich die Schlechtigkeit der Menschen zum Wahnsinn getrieben hatte.«

»Ich habe schon schlimmere Könige gesehen«, sagte das schwarze Mädchen, »du brauchst also nicht rot zu werden. Nun, lassen wir dich König Salomo sein und mich die Königin von Saba, wie in der Bibel. Ich komme zu dir und sage, daß ich dich liebe. Das heißt, ich bin da, um Besitz von dir zu ergreifen. Ich komme mit der Liebe einer Löwin und fresse dich auf und mache dich zu einem Teil von mir. Von da an hast du nicht mehr an das zu denken, was dir behagt, sondern an das, was mir behagt. Ich werde zwischen dir und deinem eigentlichen Ich stehen, zwischen dir und Gott. Ist das nicht eine schreckliche Tyrannei? Liebe ist etwas Gieriges. Kannst du dir vorstellen, daß es im Himmel Liebe gibt?«

»In meinem Himmel gibt es nichts anderes. Was ist denn Himmel anderes als Liebe?« sagte der Zauberer kühn, aber mit Unbehagen.

»Er ist die Herrlichkeit. Er ist der Sitz Gottes und seiner Gedanken: es gibt dort kein Schnäbeln und Turteln, kein Aneinanderhängen wie die Zecke am Schaf. Die Missionarin, meine Lehrerin, spricht von Liebe, aber sie ist all ihren Liebhabern davongelaufen, um Gottes Auftrag zu erfüllen. Die Weißen wenden ihre Augen von mir ab, damit sie mich nicht lieben müssen. Es gibt Gemeinschaften von Männern und Frauen, die sich hingebungsvoll dem Auftrag Gottes widmen und sich Brüder und Schwestern nennen, aber trotzdem nicht miteinander reden.«

»Um so schlimmer für sie«, sagte der Zauberer.

»Das ist natürlich dumm«, sagte das schwarze Mädchen. »Wir müssen mit anderen Menschen leben und das Beste daraus machen. Aber zeigt es uns nicht, daß unsere Seelen genausoviel Einsamkeit brauchen wie unsere Körper Liebe? Wir brauchen einer des andern körperliche Hilfe und einer des andern geistige Hilfe. Aber unsere Seelen müssen allein sein mit Gott. Und wenn jemand kommt und dich liebt und deine Seele mitsamt deinem Geist und Körper will, dann schreist du: ›Abstand bitte! Ich gehöre mir selbst, nicht dir!‹ Dein ›Liebet einander‹ ist für mich, die ich Gott suche, noch scheinheiliger, als es dem Krieger vorkommen muß, der Mord und Sklaverei zu bekämpfen hat, oder dem Jäger, der entweder töten oder mit ansehen muß, wie seine Kinder verhungern.«

»Soll ich also sagen: ›Und dies mache ich dir zum Gebot: Du sollst töten‹?« sagte der Zauberer.

»Das ist eins wie das andre, nur umgekehrt«, sagte das schwarze Mädchen. »Keins von beiden ist eine Regel, nach der man leben kann. Ich sage dir, deine Allheil-Gebote sind wie die Pillen, die uns die Quacksalber verkaufen: einmal in zwanzig Fällen sind sie vielleicht von Nutzen, aber in den andern neunzehn sind sie nutzlos. Außerdem suche ich keine Gebote. Ich suche Gott.«

»Such weiter, und Gott sei mit dir«, sagte der Zauberer. »Aber um ihn wirklich zu finden, muß jemand wie du an mir vorbeigehen.« Und damit verschwand er.

»Das ist vielleicht dein bester Zaubertrick«, sagte das schwarze Mädchen, »doch tut es mir leid, dich zu verlieren, denn ich habe erkannt, daß du ein liebenswerter Mann bist und es gut meinst.«

Eine Meile weiter begegnete es einem uralten Fischer, der einen riesigen Dom auf den Schultern trug.

»Gib acht! Das wird dir deinen armen alten Rücken brechen«, rief das Mädchen und eilte ihm zu Hilfe.

»Aber nein«, erwiderte er vergnügt. »Ich bin der Fels, auf dem die Kirche erbaut ist.«

»Du bist doch kein Fels! Und sie ist zu schwer für dich«, sagte das schwarze Mädchen und machte sich darauf gefaßt, ihn jeden Augenblick von dem Gewicht zerdrückt werden zu sehen.

»Keine Angst«, sagte er und lächelte verschmitzt. »Sie besteht ganz aus Papier.« Und er tanzte an dem Mädchen vorüber, wobei er alle Glocken im Dom fröhlich zum Erklingen brachte.

Noch bevor er außer Sichtweite war, kamen mehrere andere unterschiedlich schwarz und weiß Kostümierte daher, alle sehr sorgfältig gewaschen und geschniegelt, die trugen kleinere und größtenteils häßlichere Papierkirchen. Und alle riefen dem Mädchen zu: »Glaube dem Fischer nicht! Hör nicht auf die anderen. Meine Kirche ist die wahre!« Am Ende mußte es in den Wald ausweichen, um ihnen zu entkommen, denn sie begannen, sich gegenseitig mit Steinen zu bewerfen, und da sie fast so schlecht zielten, als wären sie blind, kamen die Steine kreuz und quer über die ganze Straße geflogen. Da gelangte das Mädchen zu dem Schluß, daß es unter diesen Leuten Gott nicht so finden würde, wie es ihn gerne gehabt hätte.

Als sie vorbeigezogen waren, oder vielmehr als der Wirbel der Schlacht vorüber war, kehrte es auf die Straße zurück und traf dort einen sehr alten »ewigen« Juden auf der Wanderschaft, der redete es an: »Ist ER gekommen?«

»Ist wer gekommen?« fragte das schwarze Mädchen.

»ER, der sein Kommen verheißen hat«, sagte der Jude. »ER, der gesagt hat, ich soll harren und warten, bis er kommt. Ich warte schon länger, als alle Vernunft reicht. Wenn er jetzt nicht bald kommt, wird es zu spät sein. Die Menschen lernen nichts, außer wie sie sich gegenseitig in immer größerer Zahl umbringen können.«

»Das wird dadurch, daß irgend jemand kommt, nicht aufhören«, sagte das schwarze Mädchen.

»Aber ER wird kommen in seiner Herrlichkeit, sitzend

zur Rechten Gottes«, rief der Jude. »So hat er es gesagt. Er wird alles in Ordnung bringen.«
»Wenn du auf andere Leute wartest, die kommen und alles in Ordnung bringen sollen«, sagte das schwarze Mädchen, »wirst du ewig warten.« Da fiel der Jude in ein verzweifeltes Wehklagen, fauchte das Mädchen an und wankte fort.
Dieses war der alten Männer allmählich ziemlich überdrüssig geworden, so daß es froh war, ihn abgeschüttelt zu haben. Es marschierte weiter, bis es eine schattige Böschung am Wegrand erreichte. Dort traf es auf fünfzig Leute, Schwarze wie es selbst, die offensichtlich als Träger eingestellt waren und gerade, in gebührendem Abstand von einer Gruppe weißer Herren und Damen, bei einer Mahlzeit saßen. Da die Damen Kniebundhosen und Tropenhelme trugen, wußte das schwarze Mädchen, daß sie, wie die Männer auch, Forschungsreisende waren. Sie hatten ihre Mahlzeit bereits beendet. Einige von ihnen waren eingenickt, andere schrieben in ein Notizbuch.
»Was für eine Expedition ist das?« fragte das schwarze Mädchen den Führer der Träger.
»Man nennt sie die Karawane der Neugierigen«, erwiderte er.
»Sind es gute Weiße oder schlechte?« fragte das Mädchen.
»Sie sind gedankenlos und vergeuden viel Zeit mit Streitereien um Nichtigkeiten«, sagte er. »Und sie stellen Fragen, nur um irgend etwas zu fragen.«
»He! Du da!« rief eine der Damen. »Mach, daß du weiterkommst, hier kannst du nicht bleiben. Du bringst ja die Männer ganz durcheinander!«

»Nicht mehr als du«, sagte das schwarze Mädchen.
»Unfug, Mädchen!« sagte die Dame. »Ich bin fünfzig. Ich bin ein Neutrum. An mich haben sie sich gewöhnt. Fort mit dir!«
»Du brauchst keine Angst zu haben, es sind ja keine weißen Männer«, sagte das schwarze Mädchen leicht verächtlich. »Warum nennt ihr euch die Karawane der Neugierigen? Worauf seid ihr neugierig? Seid ihr neugierig auf Gott?«
Dies hatte ein so herzliches Gelächter zur Folge, daß diejenigen, die eingenickt waren, aufwachten und der Spaß für sie wiederholt werden mußte.
»Es ist viele hundert Jahre her, seit man diesem Thema in zivilisierten Ländern irgendwelche Neugierde entgegengebracht hat«, sagte einer der Herren.
»Seit dem fünfzehnten Jahrhundert nicht mehr, würde ich meinen«, sagte ein anderer. »Shakespeare war schon ziemlich gottlos.«
»Shakespeare war nicht jedermann«, sagte ein dritter. »Die englische Nationalhymne ist aus dem achtzehnten Jahrhundert. An ihr läßt sich erkennen, daß wir Gott mit den schmutzigen Geschäften unserer Politik beauftragt haben.«
»Nicht ein und denselben Gott«, sagte der zweite Herr. »Im Mittelalter hatte man sich Gott ja als unseren Auftraggeber vorgestellt, der uns die Nase in den Dreck stieß und immer nur schuften ließ. Mit dem Aufstieg des Bürgertums und dem Abschütteln der Verpflichtungen seitens der Feudalherren, Verpflichtungen, die bis dahin der Preis für ihre Privilegien gewesen waren, haben wir einen neuen Gott bekommen, der nun seinerseits von der Oberschicht beauftragt wird und für

sie schuften muß, die Nase ständig im Dreck. ›Vereitle doch die Politik der andern, durchkreuze ihre Listen und Tücken!‹ und so weiter.«

»Ja«, sagte der erste Herr, »und noch einen dritten Gott haben wir, den der Kleinbürger. Dessen Beschäftigung besteht darin, die Tafel des buchführenden Engels, die nach einer Woche von oben bis unten lauter Geschäftsbetrügereien verzeichnet, sonntags mit seinem eigenen Blut wieder sauberzuwischen.«

»Diese beiden Götter haben noch immer Hochkonjunktur«, sagte der dritte Herr. »Wenn Sie daran zweifeln, versuchen Sie doch mal, eine anständige zweite Strophe für unsere Nationalhymne durchzusetzen oder das Sühneopfer Christi aus dem Gebetbuch zu streichen!«

»Das sind nun schon sechs Götter, die ich auf meiner Suche kennengelernt habe«, sagte das schwarze Mädchen, »oder doch vom Hörensagen kenne. Aber keiner von ihnen ist der Gott, den ich suche.«

»Du suchst Gott?« sagte der erste Herr. »Wär es für dich denn nicht besser, mit deinem Mumbo-Jumbo zufrieden zu sein, oder wie immer euer Stammesgott heißt? Etwas Besseres als ihn wirst du unter unseren Göttern auch nicht finden.«

»Wir haben eine kunterbunte Sammlung von Mumbo-Jumbos«, sagte der dritte Herr, »und nicht einen, den wir dir aufrichtig empfehlen können.«

»Das mag sein«, sagte das schwarze Mädchen. »Aber ihr solltet lieber aufpassen. Die Missionare lehren uns, an eure Götter zu glauben. Es ist das einzige, was man uns beibringt. Wenn wir herausfinden, daß ihr selbst nicht an sie glaubt und ihnen sogar feind seid, dann kann es sein, daß wir kommen und euch töten. Es gibt Millionen von uns, und schießen können wir so gut wie ihr.«

»Da ist was dran«, sagte der zweite Herr. »Wir haben kein Recht, diese Leute etwas zu lehren, was wir selbst nicht glauben. Womöglich nehmen sie es todernst. Warum sagen wir ihnen nicht die simple Wahrheit, daß die Welt durch natürliche Selektion entstanden und daß Gott eine Legende ist.«

»Das würde sie zurückwerfen auf die Lehre vom Überleben des Tüchtigsten«, sagte der erste Herr unschlüssig, »und es steht keineswegs fest, daß *wir* in einem Wettbewerb mit ihnen die Überlebenstüchtigsten wären. Dieses Mädchen ist ein Musterbeispiel. Wir mußten ja auch aufhören, arme Weiße für die Arbeit unserer Expedition einzustellen: die Eingeborenen sind stärker, sauberer und intelligenter.«

»Abgesehen davon, daß sie viel bessere Manieren haben«, sagte eine der Damen.

»Genau«, sagte der erste Herr. »Ich würde ihnen natürlich lieber beibringen, an einen Gott zu glauben, der uns ihnen gegenüber noch eine Chance läßt, für den Fall, daß sie einen Kreuzzug gegen den europäischen Atheismus in Marsch setzen.«

»Man kann diesen Leuten nicht die Wahrheit über die Welt beibringen«, sagte eine bebrillte Dame. »Das Universum ist, wie wir inzwischen wissen, mathematisch aufgebaut. Sagen Sie dem Mädchen mal, es solle eine gegebene Größe durch die Wurzel aus minus x teilen! Es wird nicht die leiseste Ahnung haben, was Sie meinen. Und doch ist die Teilung durch die Wurzel aus minus x der Schlüssel zum Universum.«

»Ein Schlüsselersatz«, sagte der zweite Herr. »Für mich ist die Wurzel aus minus x glatter Unsinn. Die natürliche Selektion –«

»Was soll das alles!« stöhnte ein trübsinniger Herr. »Das einzige, was wir mit Bestimmtheit wissen, ist, daß die Sonne an Wärme verliert und daß wir bald erfrieren werden. Was ist angesichts dieser Tatsache überhaupt noch wichtig?«

»Kopf hoch, Mister Croker«, sagte ein lebhafter junger Herr. »Als leitender Physiker dieser Expedition bin ich in der Lage, Sie glaubwürdig darüber aufklären zu können, daß Sie ebensoviel Grund zu der Annahme haben, daß die Sonne immer heißer wird und uns am Ende noch lebendigen Leibes verbrennt – es sei denn, Sie halten nichts von kosmischer Strahlung und Verzögerung durch die Gezeiten.«

»Und was für ein Trost soll darin liegen?« sagte Mister Croker. »So oder so gehen wir zugrunde.«

»Nicht unbedingt«, sagte der erste Herr.

»Doch, unbedingt«, sagte Mister Croker grob. »Wie die Temperatur beschaffen sein muß, bei der Leben existieren kann, das steht fest und ist unbestritten. Man kann nicht leben bei einer Temperatur, bei der die Luft gefriert, und man kann auch nicht leben bei einer Temperatur wie im Schmelzofen. Egal, welche dieser Temperaturen die Erde erreicht, wir gehen zugrunde.«

»Pah!« sagte der erste Herr. »Unsere Körper, der einzige Teil von uns, dem Ihre Temperaturen zum Verhängnis werden, gehen in ein paar Jahren zugrunde, überwiegend in gutdurchlüfteten und angenehm temperierten Schlafzimmern. Was aber ist mit dem Etwas,

das den Unterschied zwischen dem lebenden und dem toten Körper ausmacht? Gibt es denn den kleinsten Beweis, auch nur einen Schimmer von Wahrscheinlichkeit, daß dieses Etwas in irgendeiner Hinsicht von der Temperatur abhängig wäre? Es ist sicherlich nicht Fleisch noch Blut, noch Knochen, aber es hat gleichwohl die Eigenschaft, sich körperliche Organe in solcher Form aufzubauen. Es selbst ist körperlos: Wenn man überhaupt versucht, sich eine Vorstellung davon zu machen, muß man es sich als elektromagnetische Welle vorstellen, als eine Schwingungseinheit, einen Wirbel im Äther, vorausgesetzt, es gibt einen Äther; das heißt als etwas, das, wenn es überhaupt existiert – und wer könnte sein Vorhandensein schon bezweifeln? –, auch noch auf dem kältesten leblosen Stern oder im heißesten Sonnenkrater existieren kann.«
»Woher«, sagte eine der Damen, »wissen Sie eigentlich, daß die Sonne heiß ist?«
»Das fragen Sie in Afrika!« sagte Mister Croker abfällig. »Ich fühle, daß sie brennt, daher weiß ich es.«
»Sie haben auch das Gefühl, daß Pfeffer brennt!« gab die Dame noch etwas abfälliger zurück. »Und doch können Sie kein Streichholz daran entzünden!«
»Man hat ja auch das Gefühl, ein Ton auf der rechten Seite des Klaviers liege höher als ein Ton auf der linken, und doch liegen beide auf einer Ebene«, sagte eine andere Dame.
»Wie man das Gefühl hat, die Farben eines bunten Papageis seien schreiend. Aber sie sind ebenso lautlos wie die eines Sperlings«, sagte wieder eine andere Dame.

»Man muß sich nicht dazu herablassen, auf solche Haarspaltereien einzugehen«, sagte ein gebieterischer Herr. »Sie sind auf dem Niveau von Kartentricks. Ich bin Chirurg und weiß aus eigener Anschauung, daß der Durchmesser der Blutgefäße, die das weibliche Gehirn versorgen, tatsächlich weit über der Norm liegt, die durch das männliche Gehirn festgelegt ist. Der daraus folgende Blutandrang überreizt und verwirrt die Phantasie und löst eine krankhafte Einbildungskraft aus, der zufolge die Schärfe des Pfeffers als Brennen empfunden wird, der schrille Ton eines Soprans als Höhe und die Farbenpracht eines Papageis als unangenehm laut.«

»Ihre literarische Ausdrucksweise ist bewundernswert, Doktor«, sagte der erste Herr. »Aber sie geht am Kern meiner Aussage vorbei. Ich meine nämlich: Ob das Brennen der Sonne nun dem Brennen des Pfeffers oder dem Brennen der Flamme entspricht, ob die Kälte des Mondes der Kälte von Eis oder der Kaltherzigkeit gegenüber einem armen Verwandten entspricht, in jedem Fall sind beide, Sonne und Mond, wahrscheinlich ebenso bewohnt wie die Erde.«

»Die kältesten Teile der Erde sind nicht bewohnt«, sagte Mister Croker.

»Die wärmsten schon«, sagte der erste Herr. »Und die kältesten wären es vermutlich auch, wenn wir auf dieser Erde nicht Platz genug in uns gemäßeren Klimazonen vorfänden. Im übrigen gibt es Pinguine in der Antarktis, Kaiserpinguine! Warum sollte es keine Kaisersalamander, ja Feuersalamander auf der Sonne geben? Unsere Urgroßmütter, die an Hölle und Schwefelfeuer glaubten, wußten, daß die Seele – wie sie das nannten, was den sterbenden Körper verläßt und Leben und Tod voneinander scheidet – ewig in Flammen leben kann. Darin waren sie sehr viel wissenschaftlicher als mein Freund Croker hier.«

»Ein Mensch, der an die Hölle glaubt, ist imstande, an alles zu glauben«, sagte Mister Croker, »sogar an die Erblichkeit erworbener Verhaltensweisen.«

»Ich dachte, Sie glauben an die Evolution, Croker«, sagte ein Herr, der als Naturkundler der Expedition angehörte.

»Ja, ich glaube allerdings an die Evolution«, sagte Mister Croker leidenschaftlich. »Halten Sie mich für einen Fundamentalisten?«

»Wenn Sie an die Evolution glauben«, sagte der Naturkundler, »dann müssen Sie auch glauben, daß sämtliche Verhaltensweisen sowohl erworben als auch ererbt sind. Ihr alle habt noch den Garten Eden im Blut. Wie ihr aber neue Ideen aufnehmt, ohne je daran zu denken, die alten abzuschütteln, das macht euch gemeingefährlich! Ihr seid alle Fundamentalisten mit einem Wissenschaftskäppchen obendrauf. Deshalb seid ihr auch in der Politik die dümmsten Konservativen und Reaktionäre und in der Wissenschaft die bigottesten Obstruktionstaktiker. Wenn es darum geht vorwärtszukommen, seid ihr alle derselben Meinung: Aufhören! Niederschlagen! Aufhängen! In die Luft sprengen! Im Keim ersticken!«

»Alle derselben Meinung?!« rief die erste Dame laut. »Als ob sie je in einem einzigen Punkt übereingestimmt hätten!«

»Gerade jetzt blicken sie alle in dieselbe Richtung«, sagte eine Dame mit sarkastischem Ausdruck.

»In welche Richtung?« sagte die erste Dame.
»Dahin«, sagte die sarkastische Dame und deutete auf das schwarze Mädchen.
»Bist du immer noch da?« sagte die erste Dame. »Man hat dir doch gesagt, du sollst gehen. Los, weg mit dir!«
Das schwarze Mädchen gab keine Antwort. Es sah die Dame ernst und nachdenklich an und ließ den Knotenstock langsam in der Hand hin und her schwingen. Dann blickte es auf die Mathematikerin und sagte: »Wo wächst sie?«
»Wo wächst was?« sagte die Mathematikerin.
»Die Wurzel, von der du gesprochen hast«, sagte das schwarze Mädchen. »Die Wurzel aus Mynas Sex.«
»Sie wächst im Gehirn«, sagte die Dame. »Es ist eine Zahl. Kannst du von eins an aufwärts zählen?«
»Meinst du eins, zwei, drei, vier, fünf?« sagte das schwarze Mädchen und nahm dabei seine Finger zu Hilfe.
»Genau das«, sagte die Dame. »Und nun zähl rückwärts von eins.«
»Eins, eins weniger, zwei weniger, drei weniger, vier weniger.«
Alle klatschten in die Hände. »Glänzend!« rief einer. »Newton!« sagte ein anderer. »Leibniz!« sagte ein dritter. »Einstein!« ein vierter. Und dann alle zusammen: »Herrlich! Herrlich!«
»Ich sag's ja immer«, sagte eine Dame, die Ethnologin der Expedition, »die nächste große Zivilisation wird eine Zivilisation der Schwarzen sein. Der weiße Mann hat ausgespielt. Er weiß das auch und bringt sich selber um, so schnell er kann.«

»Warum staunt ihr über so eine Kleinigkeit?« sagte das schwarze Mädchen. »Wieso könnt ihr weißen Leute nicht erwachsen werden und ernst sein wie wir Schwarzen? Für mich waren Glasperlen herrlich, als ich sie zum erstenmal sah – doch hab ich mich bald daran gewöhnt. Ihr aber schreit jedesmal ›Herrlich!‹, wenn einer von euch etwas Dummes sagt. Das Wunderbarste, was ihr habt, sind eure Schießgewehre. Es muß einfacher sein, Gott zu finden, als zu entdecken, wie man Schießgewehre macht. Aber ihr kümmert euch ja nicht um Gott, ihr kümmert euch nur um Gewehre. Die braucht ihr, um uns zu Sklaven zu machen. Dann gebt ihr sie uns in die Hand und bringt uns bei, für euch zu schießen, weil ihr zu faul seid, selbst zu schießen. Bald bringt ihr uns auch bei, wie man Gewehre macht, weil ihr zu faul seid, selbst welche zu machen. Ihr habt entdeckt, wie man Getränke macht, mit denen die Menschen Gott vergessen: sie schläfern ihr Gewissen ein und gaukeln ihnen vor, ein Mord sei etwas Hocherfreuliches. Diese Getränke verkauft ihr an uns und zeigt uns auch, wie man sie macht. Und nebenher stehlt ihr uns andauernd unser Land und laßt uns verhungern, so daß wir euch hassen, wie wir die Schlangen hassen. Wohin soll das nur führen? Ihr werdet euch noch gegenseitig so schnell umbringen, daß die, die übrigbleiben, zu wenige sein werden, um Widerstand zu leisten, wenn sich unsere Krieger einmal richtig vollaufen lassen mit eurem Zaubertrank und euch mit euren eigenen Gewehren töten. Und danach bringen sich unsere Krieger gegenseitig um, wie ihr das tut, wenn Gott sie nicht daran hindert. Ach, wüßte ich nur, wo ich ihn finde! Will mir denn keiner beim Suchen helfen? Läßt euch das alle gleichgültig?«

»Unsere Schießgewehre haben euch vor dem Löwen, diesem Menschenfresser, gerettet und vor den alles zertrampelnden Elefanten, oder etwa nicht?« sagte ein beleidigter Herr, dem das Gespräch vorher zu tiefschürfend gewesen war.

»Aber nur, um uns den Menschenschindern, den Sklaventreibern und alles zertrampelnden Baas auszuliefern«, sagte das schwarze Mädchen. »Löwen und Elefanten haben das Land mit uns geteilt. Wenn sie uns auch aufgefressen oder unsere Körper niedergetrampelt haben, so verschonten sie doch unsere Seelen. Wenn sie satt waren, wollten sie nicht noch mehr haben. Aber eure Gier wird durch nichts gesättigt. Ihr schindet Generationen von uns zu Tode, bis jeder einzelne von euch mehr hat, als hundert von uns zum Essen brauchen oder ausgeben könnten. Und trotzdem zwingt ihr uns weiter, immer härter und immer länger für immer weniger Essen und Kleidung zu arbeiten. Ihr wißt nicht, was für euch genug und für uns weniger als genug ist. Ewig seid ihr am Nörgeln, weil es uns an Geld fehlt, die Waren zu kaufen, die ihr ins Land bringt. Und euer einziges Gegenmittel besteht darin, uns noch weniger Geld zu geben. Das ist sicher deshalb so, weil ihr den falschen Göttern dient. Ihr seid Heiden und Wilde. Ihr versteht weder zu leben noch andere leben zu lassen. Wenn ich Gott finde, werde ich die Geisteskraft haben, euch zu vernichten, und mein Volk lehren, sich nicht selbst zu vernichten.«

»Seht ihr!« schrie die erste Dame. »Sie bringt die Männer ganz durcheinander. Ich hab es euch ja gesagt! Und alle haben ihre verdorbenen Hetzreden mit angehört.

Seht den Schwarzen nur in die Augen, sie sind gefährlich! Ich jage ihr noch eine Kugel durch den Leib, wenn keiner von euch Männern es tut.«
Und wirklich zog die Dame einen Revolver hervor, so ängstlich war sie. Doch ehe sie ihn richtig aus der Ledertasche herausgeholt hatte, sprang das schwarze Mädchen auf sie zu, streckte sie mit einem Schlag ihres Knüppels zu Boden – ihrem Lieblingsschlag – und stürzte in den Wald. Da brachen alle schwarzen Gepäckträger in ekstatische Fröhlichkeit aus.
»Seien wir dankbar, daß das Mädchen die gute Laune wiederhergestellt hat«, sagte der erste Herr. »Einen Augenblick lang sah es schlimm aus. Jetzt ist alles wieder gut. Doktor, würden Sie mal nach dem Kleinhirn der armen Miss Fitzjones sehen!«
»Unser Fehler war«, sagte der Naturkundler, »daß wir dem Mädchen nichts zu essen angeboten haben.«
Das schwarze Mädchen hielt sich lange genug versteckt, um sicher zu sein, daß man es nicht verfolgte. Es wußte: Was es getan hatte, war ein Vergehen, das Auspeitschen bedeutete, und gegen einen weißen Kläger würde einer schwarzen Angeklagten keine Verteidigungsrede etwas nützen. Um die berittene Polizei machte es sich keine Sorgen; es gab kaum welche in jener Gegend. Aber es wollte nicht gezwungen sein, der Karawane ständig auszuweichen. So ging es, weil eine Richtung für seine Zwecke so gut war wie die andere, den eigenen Pfad wieder zurück (die Karawane war schon weitergezogen) und gelangte am Abend an den Brunnen, wo es mit dem Zauberer gesprochen hatte. Dort fand es nun eine Bude vor mit vielen Figuren aus Holz, Gips oder Elfenbein, die zum Verkauf ausgestellt

waren, und daneben auf dem Boden ein großes hölzernes Kreuz, auf dem lag der Zauberer mit gekreuzten Füßen und ausgestreckten Armen. Der Mann, dem der Verkaufsstand gehörte, war gerade dabei, mit großer Geschwindigkeit und Geschicklichkeit eine Statue von ihm aus Holz zu schnitzen. Sie wurden von einem stattlichen arabischen Herrn mit Turban und Krummsäbel in der Schärpe beobachtet. Er saß auf der Mauereinfassung des Brunnens und kämmte seinen Bart.

»Warum tust du das, mein Freund?« sagte der arabische Herr. »Du weißt doch, daß du damit gegen das zweite Gebot verstößt, das Moses von Gott empfangen hat. Von Rechts wegen sollte ich dich mit meinem Krummsäbel niedermähen, aber ich habe zeitlebens an einem Mangel an Beherztheit gelitten und bin dadurch zum Sünder geworden, denn er macht mich unfähig, ein Tier oder gar einen Menschen kaltblütig zu erschlagen. Warum tust du das?«

»Was soll ich sonst tun, wenn ich nicht verhungern will?« sagte der Zauberer. »Die Menschen lehnen mich so entschieden ab, daß ich meinen Lebensunterhalt nur verdienen kann, indem ich diesem Künstler, der Mitleid mit mir hat, Modell liege. Er zahlt mir Sixpence die Stunde, wenn ich mich den ganzen Tag auf dieses Kreuz hier strecke, und lebt selbst davon, daß er mein Konterfei in dieser unmöglichen Pose verkauft. Die Leute vergötzen mich, sie sehen in mir das Abbild des sterbenden Übeltäters, weil sie an nichts interessiert sind außer an Kriminalgeschichten. Wenn der Mann einen ausreichenden Vorrat an Statuen auf Lager hat und ich eine ausreichende Anzahl an Sixpencestücken, mache ich Ferien und wandere durch die Gegend, gebe den

Menschen gute Ratschläge und erzähle ihnen heilsame Wahrheiten. Wenn sie nur auf mich hören würden, sie wären soviel glücklicher und besser. Aber sie wollen mir nicht glauben, es sei denn, ich führe ihnen Zauberstückchen vor. Und selbst dann werfen sie mir nur Kupfermünzen hin, mitunter auch einen silbernen Tikkey, und sagen, ich sei doch ein wunderbarer Mensch, einen wie mich hätte es auf Erden noch nie gegeben. Trotzdem bleiben sie weiter dumm und böse und grausam. Manchmal habe ich das Gefühl, Gott hat mich verlassen.«

»Was ist denn ein Tickey?« sagte der Araber und ordnete sein Gewand, damit der Faltenwurf besser zur Geltung kam.

»Ein Dreipennystück«, sagte der Zauberer. »Man hat extra so eine Münze gemacht, weil eitle Leute sich schämen, wenn jemand sieht, daß sie nur Kupferstücke geben. Und Sixpence finden sie zuviel.«

»Ich wollte nicht, daß man mich so behandelt«, sagte der Araber. »Auch ich habe eine Botschaft zu verkünden. Sich selbst überlassen, würde mein Volk vor allen Figuren hier am Stand auf die Knie fallen und sie anbeten. Sind keine Bildnisse da, so betet es Steine an. Meine Botschaft aber lautet: Es gibt keine Herrlichkeit und keine Macht außer in Allah dem Glorreichen, dem Erhabenen, dem Einen und Einzigen. Nie hat ein Sterblicher gewagt, sich von ihm ein Bild zu machen; wenn jemand versuchen wollte, dieses Verbrechen zu begehen, ich würde sicher vergessen, daß Allah gnädig und barmherzig ist, und so weit über meine Schwäche hinauswachsen, daß ich ihn mit eigener Hand erschlüge. Wer wäre schon imstande, die Größe Allahs leibhaftig

zu erfassen und darzustellen? Nicht einmal das Bildnis des allerschönsten Pferdes könnte einen Begriff von Seiner Schönheit und Erhabenheit vermitteln. Wenn ich meinen Leuten dies sage, nun ja, dann bitten sie mich zwar auch, Zauberkunststückchen vorzuführen; aber wenn ich ihnen sage, daß ich ein Mensch bin wie sie und daß nicht einmal Allah selbst seine eigenen Gesetze übertreten kann – falls es überhaupt vorstellbar wäre, daß er etwas Ungesetzliches täte –, dann gehen sie weg und geben trotzdem vor, ich sei ein Wundertäter. Aber sie glauben; denn wenn sie Zweifel äußern, lasse ich sie von denen, die glauben, erschlagen. Das, mein Freund, solltest du auch tun.«
»Aber meine Botschaft ist, daß die Menschen einander *nicht* töten sollen«, sagte der Zauberer. »Man muß doch konsequent sein.«
»Ganz richtig«, sagte der Araber, »soweit es private Zänkereien betrifft. Doch müssen wir diejenigen, die nicht lebenstauglich sind, nun mal töten. Wir müssen den Garten sowohl jäten als auch gießen.«
»Und wer soll Richter sein über unsere Tauglichkeit zu leben?« sagte der Zauberer. »Mich halten die obersten Beamten, die Reichsstatthalter und Hohepriester nicht für lebenstauglich. Vielleicht haben sie recht.«
»Zu ebendieser Schlußfolgerung war man auch bei mir gekommen«, sagte der Araber. »Ich mußte fliehen und mich verstecken, bis ich genügend junge athletische Männer davon überzeugt hatte, daß sich ihre Altvorderen in mir irrten, ja daß die Sache gerade vom anderen Ende her aufgezäumt werden mußte. Dann kehrte ich mit den jungen Athleten zurück und jätete den Garten.«

»Ich bewundere deinen Mut und praktischen Scharfsinn«, sagte der Zauberer, »aber ich bin anders veranlagt.«
»Bewundere sie nicht, diese Eigenschaften«, sagte der Araber. »Sie sind mir eher peinlich. Jeder Wüstenhäuptling zeigt sie im Übermaß. Mein Selbstwertgefühl beruht vielmehr auf der Überlegenheit meines Geistes, die mich zum Träger und Übermittler der göttlichen Eingebung hat werden lassen. Hast du jemals ein Buch geschrieben?«
»Nein«, sagte der Zauberer traurig. »Ich wollte, ich könnte. Dann könnte ich auch Geld genug verdienen, um von dem lästigen Kreuz loszukommen, und meine Botschaft als Buch in alle Welt hinaussenden. Aber ich bin kein Schriftsteller. Ich habe gelegentlich eine Art Kurzgebet gedichtet, worin, wie ich hoffe, alles Wesentliche enthalten ist. Doch inspiriert mich Gott zum Reden, nicht zum Schreiben.«
»Schreiben ist nützlich«, sagte der Araber. »Ich wurde inspiriert, das Wort Allahs in vielen Kapiteln niederzuschreiben, gelobt sei sein Name! Aber es gibt Zeitgenossen auf seiner Welt, mit denen Allah sich unmöglich selbst belasten kann. Sein Wort bedeutet ihnen nichts; weshalb ich auch nicht inspiriert werde, wenn ich mit ihnen zu tun habe, so daß ich mich auf meine eigene Erfindungsgabe und meinen eigenen Verstand verlassen muß. Für solche Leute schreibe ich Horrorgeschichten vom Tag des Gerichts und von der Hölle, in der die Übeltäter ewig schmachten müssen. Diesen Schrecken stelle ich bezaubernde Bilder vom Paradies gegenüber, das all diejenigen erwartet, die den Willen Allahs tun. So ein Paradies führt sie in Versuchung, du

verstehst: ein Paradies mit Gärten und Wohlgerüchen und wunderschönen Frauen.«

»Und woher weißt du, was Allahs Wille ist?« sagte der Zauberer.

»Da die Menschen unfähig sind, ihn zu verstehen, muß ihnen statt dessen *mein* Wille den Zweck erfüllen«, sagte der Araber. »Meinen Willen können sie verstehen, und eigentlich ist es ja der Wille Allahs, nur aus zweiter Hand und zweifellos ein wenig befleckt von meinen menschlichen Leidenschaften und Bedürfnissen. Aber mehr kann ich nicht für sie tun. Und ohne diesen Willen könnte ich sie überhaupt nicht in Schach halten: sie würden mich für den erstbesten Häuptling verlassen, der ihnen eine fettere irdische Beute, will sagen mehr Plunder, verspräche. Welcher andere Häuptling aber könnte ein Buch schreiben und ihnen die ewige Seligkeit nach ihrem Tod versprechen, und das mit der ganzen Autorität eines Geistes, der imstande ist, seine eigenen Erfindungen mit der Erhabenheit verbürgter Erleuchtung zu umgeben?«

»Du hast alle Voraussetzungen zum Erfolg«, sagte der Zauberer höflich und ein wenig wehmütig.

»Ich bin der Adler und die Schlange«, sagte der Araber. »Gleichwohl war ich in meiner Jugend stolz darauf, bei einer Witwe zu dienen und ihr Kameltreiber zu sein. Jetzt diene ich Allah in Demut und bin sein Menschentreiber. Denn in nichts und niemandem sonst erkenne ich Herrlichkeit und Macht, und bei Ihm suche ich Zuflucht vor dem Satan und seiner Brut.«

»Was ist schon diese ganze Herrlichkeit und Macht ohne einen Sinn für das Schöne und ohne die Kunstfertigkeit, es in Bildwerken zu verkörpern, denen die

Zeit nichts anhaben kann?« sagte der Holzschnitzer, der bis dahin schweigend gearbeitet und zugehört hatte. »Ich kann deinen Allah nicht brauchen, wenn er die bildliche Darstellung verbietet.«

»Wisse, du Hund von einem Ungläubigen«, sagte der Araber, »daß bildliche Darstellungen die Macht haben, Menschen auf die Knie zu zwingen, um Bilder anzubeten, selbst dann, wenn es Bilder von Tieren sind.«

»Oder von Zimmermannssöhnen«, warf der Zauberer ein.

»Als ich noch Kameltreiber war«, fuhr der Araber fort, der den Einwurf nicht recht begriff, »schleppte ich in den Packtaschen Götzenbilder von Männern mit, die auf Thronen saßen und Habichtsköpfe auf den Schultern hatten und Peitschen in den Händen. Die Christen, die Gott zuerst in Menschengestalt verehrten, verehren ihn heute in Gestalt eines Lammes. Dies ist die Strafe Allahs für das sündhafte Erdreisten, das Werk seiner Hände nachbilden zu wollen. Aber untersteh dich, Allah aus diesem Grund seinen Sinn für Schönheit abzusprechen! Sogar dein Modell hier, das sich versündigt, wird dich daran erinnern, daß die Lilien Allahs schöner sind als die Gewänder Salomos in all seiner Pracht. Allah bildet sich in den Wolken am Himmel ab und macht seine Kinder zu seinen Statuen. Und diese Abbilder entzieht er keineswegs unserem irdischen Blick. Er gestattet dir, schöne Kleider zu machen und Sattelzeug und Pferdegeschirr und Teppiche, auf denen du vor ihm niederknien kannst, und Fenster aus Edelsteinen, bunt wie Blumenbeete. Du aber willst dich auch noch in die Arbeit einmischen, die er sich allein vorbehalten hat, und machst Götzenbilder. Solche Sünde sei meinem Volk auf ewig verboten!«

»Ach was!« sagte der Bilderschnitzer. »Dein Allah ist ein Stümper, und er weiß es. In einer Ecke meines Ladens hab ich hinter einem Vorhang ein paar griechische Götter, so schön, daß Allah vor Neid zerplatzen würde, wenn er sie mit seinen eigenen dilettantischen Versuchen vergliche. Ich sage dir, Allah hat mir diese meine Hände gegeben, weil seine eigenen zu unbeholfen sind, wenn er überhaupt Hände hat. Der Künstlergott ist selbst ein Künstler, niemals zufrieden mit seinem Werk, immer nach Vollkommenheit strebend bis an die Grenze seiner Kräfte, und immer gewahr, daß er aufhören muß, wenn er diese Grenze erreicht, obwohl es eine noch höhere Stufe der Perfektion gibt, ohne die das Bild eigentlich keine rechte Aussage hat. Dein Allah kann eine Frau machen. Kann er aber die Göttin der Liebe machen? Nein, das kann nur ein Künstler. Sieh selbst!« sagte er und stand auf, um in seine Bude zu gehen. »Kann Allah so etwas machen?« Und aus der Ecke hinter dem Vorhang brachte er eine marmorne Venus hervor und stellte sie auf den Ladentisch.

»Ihre Glieder sind kalt«, sagte das schwarze Mädchen, das die ganze Zeit über unbemerkt zugehört hatte.

»Gut gesagt!« rief der Araber. »Ein lebendiger Mißerfolg ist besser als ein totes Meisterwerk, und Allah ist gerechtfertigt vor diesem dünkelhaftesten aller Götzendiener, den ich mit einem Schlag hätte töten müssen, wenn du es nicht mit einem Wort getan hättest.«

»Ich lebe noch«, sagte der Künstler unbewegt. »Die Glieder dieses Mädchens werden eines Tages kälter sein als jeder Marmor. Teile meine Göttin in zwei Hälften: sie wird immer noch weißer Marmor sein, durch und durch. Teile das Mädchen mit deinem Säbel in zwei Hälften, und du wirst sehen, was du darin findest.«

»Dein Gerede interessiert mich nicht mehr«, sagte der Araber. »Mädchen, in meinem Haus ist noch Platz für eine weitere Frau. Du bist schön, deine Haut ist wie schwarzer Satin, du bist voller Leben!«

»Wie viele Ehefrauen hast du?« fragte das schwarze Mädchen.

»Ich habe schon lange aufgehört, sie zu zählen«, erwiderte der Araber. »Aber es sind genug, um dir zu zeigen, daß ich ein erfahrener Gatte bin und verstehe, Frauen so glücklich zu machen, wie Allah es nur erlaubt.«

»Glück suche ich nicht, ich suche Gott«, sagte das schwarze Mädchen.

»Hast du ihn noch nicht gefunden?« fragte der Zauberer.

»Ich habe viele Götter gefunden«, sagte das schwarze Mädchen. »Jeder, dem ich begegne, hat mir einen anzubieten, und dieser Bildermacher da hat einen ganzen Laden voll. Aber für mich sind sie alle halb tot, nur die nicht, die halb Tier sind, wie der da auf dem obersten Brett, der die Flöte spielt und halb Ziegenbock, halb Mann ist. Das ist ganz wie in der Natur, ich bin auch halb Ziege, halb Frau, obwohl ich lieber eine Göttin wäre. Aber selbst diese Götter, die halb Ziegenböcke sind, sind zur anderen Hälfte Männer. Warum niemals Frauen?«

»Wie wär's mit dieser hier?« sagte der Bildermacher und deutete auf die Venus.

»Warum ist ihre untere Hälfte in einem Sack versteckt?« sagte das schwarze Mädchen. »Sie ist weder eine Göttin noch eine Frau: sie schämt sich ihrer einen Körperhälfte, und die andere Hälfte ist das, was die Weißen eine Dame nennen. Sie ist damenhaft und sehr schön, und ein weißer Generalgouverneur hätte sie sicher gern als Herrin seines Hauses. Aber ich denke, sie hat kein Gewissen. Und das macht sie unmenschlich, ohne daß sie dadurch göttlich wird. Ich kann sie nicht gebrauchen.«

»Das Wort soll Fleisch werden, nicht Marmor«, sagte der Zauberer. »Du mußt dich nicht beklagen, daß diese Götter die Körper von Männern haben. Wenn sie nicht Menschengestalt angenommen hätten für dich, wie könntest du, die du menschlich bist, mit ihnen in irgendeine Beziehung treten? Damit ein Bindeglied zwischen Gottheit und Menschheit entsteht, mußte irgendein Gott eben Mensch und Mann werden.«

»Oder irgendeine Frau Gott werden«, sagte das schwarze Mädchen. »Das wäre viel besser, denn der Gott, der herabsteigt, um menschlich oder männlich zu werden, erniedrigt sich; aber die Frau, die Gott wird, erhöht sich.«

»Allah sei meine Zuflucht vor allen lästigen Weibern«, sagte der Araber. »Dies hier ist das allerlästigste Weib, das mir je begegnet ist. Es ist ja eines der unergründlichen Geheimnisse Allahs, daß er Frauen lästig macht, wenn er sie schön macht. Je mehr Anlaß er ihnen gibt, zufrieden zu sein, desto unzufriedener sind sie. Diese hier ist sogar unzufrieden mit Allah selbst, der alle Herrlichkeit und alle Macht in sich vereint. Nun, Mädchen, wenn Allah der Glorreiche und Erhabene dir nicht zusagt, welcher Gott oder welche Göttin könnte es dann?«

»Es gibt eine Göttin, von der ich gehört habe und über die ich gerne mehr wissen möchte«, sagte das schwarze Mädchen. »Ihr Name ist Myna. Und ich fühle, daß sie etwas hat, was keiner der anderen Götter mir geben kann.«

»Eine solche Göttin gibt es nicht«, sagte der Bildermacher. »Es gibt keine Götter und Göttinnen außer denen, die ich mache, und ich habe niemals eine Göttin namens Myna gemacht.«

»Sie existiert ganz sicher«, sagte das schwarze Mädchen, »denn das weiße Fräulein hat mit Ehrfurcht von ihr gesprochen und gesagt, daß der Schlüssel zum Weltall die Wurzel aus ihrer Weiblichkeit ist und daß sie körperlos ist, wie die Zahlen, die weder ein Ende noch einen Anfang haben; denn man kann eins weniger und weniger und weniger zählen und nie an einen Anfang kommen, und man kann eins mehr und mehr und mehr zählen und nie an ein Ende kommen. Durch Zahlen also findet man die Ewigkeit.«

»Die Ewigkeit an sich und als solche ist nichts«, sagte der Araber. »Was soll mir die Ewigkeit, wenn ich die ewige Wahrheit nicht finden kann?«

»Nur die Wahrheit der Zahl ist ewig«, sagte das schwarze Mädchen. »Jede andere Wahrheit vergeht oder wird Irrtum, wie die Tagträume unserer Kindheit. Aber eins und eins ist zwei und eins und neun zehn und wird es immer sein. Deshalb habe ich das Gefühl, daß Zahlen etwas Gottähnliches an sich haben.«

»Du kannst Zahlen nicht essen und trinken«, sagte der Bildermacher. »Du kannst sie nicht heiraten.«

»Gott hat uns andere Dinge zum Essen und Trinken gegeben, und Menschen können andere Menschen heiraten«, sagte das schwarze Mädchen.
»Nun gut, aber eine Zeichnung kannst du nicht daraus machen oder sie modellieren, und das reicht mir«, sagte der Bildermacher.
»Wir Araber schon«, sagte der Araber, »und mit diesem Zeichen werden wir die Welt erobern. Seht her!« Und er bückte sich und zeichnete Figuren wie Zahlen in den Sand.
»Die Missionarin sagt, daß Gott eine magische Zahl ist: drei in eins und eins in drei«, sagte das schwarze Mädchen.
»Das ist einfach«, sagte der Araber, »ich bin ja auch der Sohn meines Vaters und der Vater meines Sohnes und noch ich selbst, also drei in einem und einer in dreien. Die Natur des Menschen ist vielfach. Allah allein ist eins. Er ist die Einheit. Er ist das Innerste der Zwiebel, die körperlose Mitte, ohne die es keinen Körper darum gäbe. Er ist die Zahl der unzähligen, zahllosen Sterne, das Gewicht der schwerelosen Luft, der – –«
»Ich glaube, du bist ein Dichter«, sagte der Bildermacher.
Der Araber, solcherart unterbrochen, verfärbte sich tief, sprang auf die Füße und zog seinen Säbel. »Du wagst es, mich zu beschuldigen! Ich ein lüsterner Bänkelsänger, ein Balladenverkäufer?! Das ist eine Beleidigung und muß mit Blut vergolten werden!«
»Tut mir leid«, sagte der Bildermacher. »Ich wollte dich nicht kränken. Wieso aber schämst du dich, eine Ballade zu machen, die Tausende von Menschen überlebt, und schämst dich *nicht*, aus einem lebenden

Menschen einen Leichnam zu machen, was jeder Dummkopf kann? Und hinterher muß er ihn noch in der Erde begraben, damit der Gestank ihn nicht umbringt.«

»Das stimmt«, sagte der Araber, steckte seine Waffe ein und setzte sich wieder. »Es ist eines der unergründlichen Geheimnisse Allahs: Wenn der Satan unreine Verse macht, gibt Allah eine göttliche Melodie dazu, um sie zu reinigen. Trotzdem war ich ein anständiger Kameltreiber und habe niemals Geld für meinen Gesang genommen, obwohl ich, wie ich zugeben muß, ganz schön süchtig danach war.«

»Ich bin auch nicht übermäßig rechtschaffen gewesen«, sagte der Zauberer. »Man hat mich einen Fresser und Weinsäufer genannt. Ich habe nicht gefastet. Ich habe den Sabbat nicht geheiligt. Ich war freundlich zu Frauen, die nicht besser waren, als sie sein sollten. Ich war unfreundlich zu meiner Mutter und habe meine Familie gemieden; denn das wahre Zuhause eines Mannes ist dort, wo Gott der Vater ist und wir alle seine Kinder, nicht aber der kleingeistige Haushalt und Betrieb, wo man in Reichweite der Mutterbrust bleiben muß, bis man entwöhnt ist.«

»Ein Mann braucht viele Frauen und ein großes Haus, um solche Einengung seines Geistes zu verhindern«, sagte der Araber. »Er sollte seine Zuwendung verteilen. Den Wert einer Frau kann er erst erkennen, wenn er viele Frauen kennengelernt hat. Denn der Wert ist eine Sache des Vergleichs. Ich wußte nicht, was für einen alten Engel ich an meiner ersten Frau hatte, bis ich entdeckte, was ich an meiner letzten hatte.«

»Und deine Frauen?« sagte das schwarze Mädchen.

»Müssen auch sie viele Männer kennenlernen, um deinen Wert erkennen zu können?«
»Ich suche Zuflucht bei Allah vor dieser schwarzen Tochter des Satans«, schrie der Araber heftig. »Lerne still zu sein, Weib, wenn Männer reden und es ihnen um Weisheit geht. Gott erschuf den Mann, bevor er das Weib erschuf.«
»Beim zweiten Mal wird's immer besser«, sagte das schwarze Mädchen. »Wenn es so ist, wie du sagst, muß Gott die Frau erschaffen haben, weil er den Mann ungenügend fand. Mit welchem Recht also forderst du fünfzig Frauen und verurteilst sie alle dazu, nur einen Mann zu haben?«
»Könnte ich mein Leben noch einmal von vorn beginnen«, sagte der Araber, »ich wollte Mönch werden, im Zölibat leben und meine Tür vor den Frauen und ihren Fragen verriegeln. So überleg doch mal: Wenn ich nur eine Frau habe, verweigere ich allen anderen Frauen jedweden Anteil an mir, obwohl mich bestimmt viele Frauen, entsprechend meinen Vorzügen und ihrem Unterscheidungsvermögen, begehren. Die erleuchtete Frau, die den bestmöglichen Vater für ihre Kinder haben möchte, wird lieber ein Fünfzigstel von mir wollen als ein ganzes Stück menschlichen Abschaums für sich allein. Warum sollte sie unter solcher Ungerechtigkeit leiden, wenn es nicht nötig ist?«
»Wie aber soll sie deinen Wert erkennen, wenn sie nicht noch fünfzig andere Männer kennt, die sie mit dir vergleichen kann?« sagte das schwarze Mädchen.
»Das Kind, das fünfzig Väter hat, hat keinen Vater«, schrie der Araber.
»Was macht das schon! Wenn es nur eine Mutter hat!«

sagte das schwarze Mädchen. »Übrigens ist das, was du sagst, nicht richtig. Einer von den fünfzig ist doch sicher der Vater.«

»So wisse«, sagte der Araber, »daß es viele schamlose Frauen gibt, die unzählige Männer kennengelernt haben, ohne Kinder zu gebären; ich hingegen, der ich jede begehrenswerte Frau, auf die mein Auge fällt, unbedingt besitzen will, habe eine große Nachkommenschaft. Ungerechtigkeit gegen Frauen scheint also offenbar eines der unergründlichen Geheimnisse Allahs zu sein, gegen die man sich vergeblich auflehnt. Allah ist groß und glorreich, in ihm allein ist die Macht und die Herrlichkeit; und seine Gerechtigkeit geht über unseren Verstand. Meine Frauen, die sich zwar selbst zu sehr verhätscheln, gebären doch ihre Kinder unter Qualen, die mir das Herz zusammenschnüren, wenn ich die Schreie höre. Diese Qualen bleiben uns Männern erspart, und das ist nicht gerecht. Aber wenn du gegen diese Ungerechtigkeit kein besseres Heilmittel weißt, als Frauen das gleiche tun zu lassen wie Männer und Männer das gleiche wie Frauen, willst du mir wohl auch noch sagen, ich solle in die Wochen kommen und Kinder gebären? Darauf kann ich nur antworten, das wird Allah nicht zulassen. Es ist gegen die Natur.«

»Ich weiß, daß wir nicht gegen die Natur ankönnen«, sagte das schwarze Mädchen. »Du kannst keine Kinder kriegen, aber eine Frau kann doch mehrere Männer haben und trotzdem Kinder kriegen. Natürlich sollte sie nicht mehr als einen Mann auf einmal haben.«

»Zu allen anderen Ungerechtigkeiten Allahs«, sagte der Araber, »kommt auch noch die, daß er es so eingerichtet hat, daß eine Frau immer das letzte Wort haben muß. Ich bin sprachlos.«

»Was passiert eigentlich«, sagte der Bildermacher, »wenn fünfzig Frauen sich um einen Mann scharen und jede das letzte Wort haben muß?«

»Das ist die Hölle, in der dieser Mann all seine Sünden abbüßt und Zuflucht bei Allah dem Barmherzigen sucht«, sagte der Araber voll Mitgefühl.

»Wo Männer über Frauen sprechen, werde ich Gott nicht finden«, sagte das schwarze Mädchen und wandte sich zum Gehen.

»Auch nicht, wo Frauen über Männer sprechen«, rief der Bildermacher ihr hinterher.

Das Mädchen winkte zustimmend mit der Hand und entfernte sich. Danach geschah nichts Besonderes mehr, bis es an ein sauberes kleines Haus mit sehr liebevoll, wenn auch ungeschickt angelegtem Garten kam, in dem ein verhutzelter alter Herr arbeitete. Seine Augen waren so eindringlich, daß sein Gesicht ganz Auge zu sein schien, seine Nase so bemerkenswert, daß sein Gesicht ganz Nase zu sein schien, und um den Mund lag ein so witzig boshafter und zugleich genüßlicher Zug, daß sein Gesicht ganz Mund zu sein schien, bis das schwarze Mädchen die drei Unvereinbarkeiten zusammenfügte und zu dem Schluß kam, daß dieses Gesicht ganz Intelligenz war.

»Entschuldigung, Baas«, sagte es. »Kann ich mit dir reden?«

»Was willst du?« sagte der alte Herr.

»Ich möchte nach dem Weg zu Gott fragen«, sagte es. »Du hast ein so wissendes Gesicht, wie ich noch keines gesehen habe, da kam mir der Gedanke, dich zu fragen.«

»Komm herein«, sagte er. »Ich habe, nach reiflicher Überlegung, gefunden, daß ein Garten der beste Ort ist, Gott zu suchen. Hier kann man nach ihm wühlen und graben.«

»So stelle ich mir die Suche nach Gott aber nicht vor«, sagte das schwarze Mädchen enttäuscht. »Ich will weitergehen. Danke.«

»Hat dich denn deine eigene Vorstellung, wie du das nennst, schon zu ihm geführt?«

»Nein«, sagte das schwarze Mädchen und blieb stehen, »das kann ich nicht behaupten. Aber deine Vorstellung gefällt mir nicht.«

»Auch Gott hat vielen Menschen, die ihn gefunden haben, nicht gefallen, so daß sie den Rest ihres Lebens damit zubrachten, vor ihm davonzurennen. Wie kommst du zu der Annahme, er würde dir gefallen?«

»Ich weiß nicht«, sagte das schwarze Mädchen. »Aber die Missionarin hat eine Zeile aus einer Dichtung, darin heißt es, daß wir das Allerhöchste einfach lieben müssen, wenn wir ihm begegnen.«

»Der Dichter war ein Narr«, sagte der alte Herr. »Wir hassen es, wir kreuzigen es, wir reichen ihm den Schierlingsbecher, wir ketten es an den Marterpfahl und verbrennen es lebendigen Leibes. Mein Leben lang war ich bemüht, auf meine bescheidene Weise den Auftrag Gottes zu erfüllen und seine Feinde zu lehren, über sich selbst zu lachen. Aber wenn du mir sagtest, Gott käme gerade die Straße dort entlang, ich würde mich ins nächste Mauseloch verkriechen und nicht zu atmen wagen, bis er vorbei wäre. Denn wenn er mich sehen oder riechen würde, wäre es dann nicht möglich, daß er seinen Fuß auf mich setzte und mich zerträte – wie ich jeden giftigen Winzling zertreten würde, der meine Vorschriften nicht einhielte? Das sind mir Kameraden, die Gott hinterherlaufen und dauernd rufen ›Ach, daß ich nur wüßte, wo ich ihn finde!‹, sie müssen ein ungeheures Selbstbewußtsein haben, wenn sie glauben, sie könnten vor ihm bestehen. Hat dir die Missionarin jemals die Geschichte von Jupiter und Semele erzählt?«

»Nein«, sagte das schwarze Mädchen. »Was ist das für eine Geschichte?«

»Jupiter ist einer der vielen Namen für Gott«, sagte der alte Herr. »Du weißt doch, daß er viele Namen hat, nicht wahr?«

»Der letzte Mann, dem ich begegnet bin, hat ihn Allah genannt«, sagte das Mädchen.

»Genau«, sagte der alte Herr. »Also, Jupiter verliebte sich in Semele und war aufmerksam und rücksichtsvoll genug, ihr in Menschengestalt als Mann zu erscheinen und sich entsprechend zu benehmen. Sie aber hielt sich für gut genug, von einem Gott mit aller Macht seiner Göttlichkeit geliebt zu werden, und bestand deshalb darauf, daß er im vollen Glanz seiner himmlischen Herrlichkeit zu ihr komme.«

»Und was war dann, als er kam?« fragte das schwarze Mädchen.

»Genau das, was sie hätte vorher wissen können, wenn sie nur bei Sinnen gewesen wäre«, sagte der alte Herr. »Sie schmolz knisternd dahin wie eine Fliege im Feuer. Gib also acht. Sei nicht so dumm wie Semele. Gott ist an deiner Seite und war die ganze Zeit über da. In seiner göttlichen Gnade hat er sich dir nur deshalb nicht enthüllt, weil du wahnsinnig würdest, wenn du

zuviel von ihm wüßtest. Leg dir einen kleinen Garten an, grabe und pflanze, jäte und lichte ihn und sei zufrieden, wenn Gott dich in die Seite stupst, sobald du deinen Garten schlecht bestellst, und dich segnet, sobald du es gut machst.«
»Werden wir seine volle Gegenwart denn niemals ertragen können?« sagte das schwarze Mädchen.
»Ich glaube nicht«, sagte der alte Philosoph. »Denn erst wenn wir seinen Plan erfüllt haben und selbst Götter geworden sind, werden wir in der Lage sein, seine volle Gegenwart ertragen zu können, vorher nicht. Aber da sein Plan unendlich ist und wir nur allzu endlich, werden wir, Gott sei Dank, nie dazu kommen, seine Absichten zu durchschauen. Um so besser für uns. Wenn unsere Arbeit getan wäre, hätten wir keinen Zweck mehr: das wäre das Ende der Menschheit. Er würde uns schwerlich am Leben erhalten nur um des Vergnügens willen, uns zuschauen zu können, häßliche und vergängliche Insekten, die wir sind! Komm also herein und hilf hier bei der Gartenarbeit, Gott zu Ehren. Alles Weitere überlaß lieber ihm.«
Da legte das schwarze Mädchen seinen Knotenstock hin, ging in den Garten und arbeitete mit. Von Zeit zu Zeit kamen noch andere Leute dazu und halfen auch. Zuerst war das Mädchen eifersüchtig auf sie, doch haßte es dieses Gefühl und gewöhnte sich bald an das Kommen und Gehen.
Eines Tages sah es einen rothaarigen Iren, der sich im hinteren Garten zu schaffen machte, wo sie das Grünzeug für die Küche zogen.
»Wer hat dich denn hier reingelassen?« sagte es.
»Meiner Treu, ich mich selbst!« sagte der Ire. »Warum

sollte ich nicht?«
»Aber der Garten gehört dem alten Herrn«, sagte das schwarze Mädchen.
»Ich bin Sozialist«, sagte der Ire, »und lasse nicht zu, daß Gärten irgend jemandem gehören. Der Alte hat einen Knacks, kann selbst nicht mehr arbeiten und braucht einen, der ihm die Kartoffeln ausbuddelt. Ist ja auch allerhand Neues entdeckt worden über Kartoffeln, seit er das Buddeln gelernt hat.«
»Dann bist du also nicht gekommen, um Gott zu suchen?« sagte das schwarze Mädchen.
»Den Teufel such ich!« sagte der Ire. »Verlaß dich drauf, Gott kann *mich* suchen, wenn er mich will. Ich glaube, daß er nicht all das ist, was er uns vormacht. Er hat seine Mängel und ist noch nicht fertig. Es gibt zwar etwas in uns, das zu ihm will, und etwas außer uns, das auch zu ihm will, soviel steht fest; aber das einzige, was sonst noch feststeht, ist, daß dieses Etwas jede Menge Fehler macht beim Versuch, dahin zu kommen. Wir müssen ihm helfen, seinen Weg zu finden, so gut wir können, du und ich. Es gibt nämlich verdammt viele Leute, die denken an nichts als an ihren eigenen Magen!« Und er spuckte in die Hände und grub weiter.
Das schwarze Mädchen und der alte Herr hielten den Iren für einen ziemlich ungehobelten Kerl (was er tatsächlich war), aber da er sich nützlich machte und nicht fortgehen wollte, taten sie ihr Bestes, ihm gefälligere Umgangsformen und eine gepflegtere Sprache beizubringen. Doch konnte ihn nichts davon überzeugen, daß Gott etwas Konkreteres und Befriedigenderes sei als ein ewiger, noch unerfüllter Zweck, oder davon, daß dieser Zweck sich jemals erfüllen könne, wenn die

Erfüllung nicht durch den Sozialismus einigermaßen erleichtert und aussichtsreich gemacht werden würde.
Aber nachdem sie ihm Manieren und Reinlichkeit beigebracht hatten, gewöhnten sie sich trotzdem an ihn und sogar an seine schrecklichen Witze. Eines Tages sagte der alte Herr zu dem Mädchen: »Es ist nicht recht, daß eine schöne junge Frau wie du keinen Mann und keine Kinder hat. Ich bin viel zu alt für dich. Es ist also besser, du heiratest den Iren.«
Zuerst war das schwarze Mädchen, da es eine tiefe Zuneigung zu dem alten Herrn gefaßt hatte, furchtbar wütend über seinen Wunsch, daß es einen anderen heiraten sollte, und dachte sogar eine ganze Nacht daran, den Iren mit dem Knüppel zu vertreiben. Es konnte sich einfach nicht eingestehen, daß der alte Herr sechzig Jahre zu früh geboren war und naturgemäß sterben und es ohne Gefährten zurücklassen würde. Aber der alte Herr impfte dem Mädchen diese simplen Tatsachen so unerbittlich ein, daß es am Ende nachgab und die beiden gemeinsam in den Gemüsegarten gingen und dem Iren erklärten, daß es ihn heiraten wolle.
Der riß mit einem Aufschrei des Entsetzens seinen Spaten an sich und stürzte in Richtung Gartentor. Doch hatte das schwarze Mädchen schon vorsorglich abgeschlossen, und noch ehe der Ire hinüberklettern konnte, holten sie ihn ein und hielten ihn fest.
»Ich und ein schwarzes heidnisches Negerweib heiraten?« schrie er herzzerreißend und vergaß dabei völlig seine erst kürzlich erworbene feinere Ausdrucksweise. »Laßt mich los! Wird's bald! Ich will überhaupt nicht heiraten, niemanden!«

Aber das schwarze Mädchen hielt ihn mit eiserner (wenn auch weich gepolsterter) Umklammerung, und der alte Herr gab ihm zu verstehen, daß er, wenn er ausreißen würde, irgendeiner fremden Frau in die Klauen fiele, die keineswegs auf der Suche nach Gott wäre und eine blasse aschgraue Haut hätte statt des glänzenden schwarzen Satins, an den er sich so gewöhnt hatte. Schließlich, nach etwa einer halben Stunde Hin- und Herredens, nach schmeichelndem Zuspruch und einem Glas besten Burgunders, den der alte Herr ihm zur Ermutigung gab, sagte er: »Nun denn, von mir aus!«

So heirateten sie, und das schwarze Mädchen hatte den Iren und die Kinder (die entzückend kaffeefarben waren) vorzüglich im Griff, ja liebte sie allmählich sogar zärtlich. Mit ihnen und dem Garten und dem Stopfen und Flicken der Kleider ihres Mannes, (denn sie konnte ihn nicht dazu überreden, keine mehr anzuziehen), war die junge Frau so beschäftigt, daß ihre Suche nach Gott meist ganz aus ihrem Kopf verdrängt wurde. Doch gab es Augenblicke, besonders wenn sie ihr Lieblingskindchen, das sehr fügsam und still war, nach dem Bade abtrocknete, da kehrte sie in Gedanken zu ihrer Suche zurück; nur begriff sie jetzt, wie drollig es gewesen war, daß ein noch unfertiges Mädchen sich auf den Weg gemacht hatte, Gott einen Besuch abzustatten, weil es sich für den Mittelpunkt der Welt hielt und weil es von einer Missionarin gelernt hatte, Gott als jemanden zu betrachten, der nichts Besseres zu tun hatte, als alles, was das Mädchen tat, zu beobachten und sich um dessen Seelenheil zu sorgen. Ja, sie kitzelte den Kleinen sogar und fragte ihn: »Angenommen, ich hätte Gott

wirklich zu Hause angetroffen, was hätte ich nur getan, wenn er mir zu verstehen gegeben hätte, daß ich zu lange bliebe und er sich um andere Dinge kümmern müsse?« Das war eine Frage, die der Kleine unmöglich beantworten konnte: er gluckste nur und quietschte und versuchte, ihre Handgelenke zu fassen.
Erst als die Kinder erwachsen und unabhängig von ihr wurden und als der Ire so unmerklich zu ihrem Alltag gehörte, als sei er ein Teil von ihr selbst, hielt die Familie sie nicht mehr ab von ihrem eigenen Ich, und sie war wieder allein mit ihrer Muße und Einsamkeit, die sie auf solche Fragen zurückwarf. Bis dahin aber hatte ihr gestärkter Geist sie weit über die Stufe hinausgehoben, auf der es noch Spaß macht, Götzen mit Knüppeln kurz und klein zu schlagen.

Bernard Shaw
Nachwort

Ich hatte die Eingebung, diese Erzählung zu schreiben, als ich in Knysna im afrikanischen Sommer und englischen Winter 1932 fünf Wochen lang aufgehalten wurde. Eigentlich wollte ich meiner regulären Tätigkeit als Stückeschreiber nachgehen und ein Theaterstück schreiben; statt dessen aber saß ich plötzlich an der Niederschrift der Geschichte vom schwarzen Mädchen. Und nun, da die Geschichte geschrieben ist, überlege ich noch immer, was sie bedeutet, obwohl ich nicht oft genug wiederholen kann, daß ich mich wahrscheinlich ebenso leicht wie irgendwer sonst in meiner Interpretation irre und daß Pionierschriftsteller, gleich anderen Pionieren, ihr Ziel oft verkennen, wie Kolumbus das tat. Deswegen laufen sie auch manchmal in frommem Erschrecken vor den Schlußfolgerungen davon, zu welchen ihre Entdeckungen offensichtlich führen. Ich halte, unerschütterlich wie der heilige Thomas von Aquin, alle Wahrheiten, ob alt oder neu, für göttliche Inspirationen; aber ich weiß auch aufgrund von Beobachtung und Selbstprüfung, daß das Instrument, auf dem die inspirierende Kraft spielt, ein sehr mangelhaftes sein kann, was vielleicht sogar, wie bei Bunyan in seinem *Heiligen Krieg*, dazu führt, daß aus der Botschaft der lächerlichste Unsinn wird.

Dennoch, hier ist meine eigene Darstellung der Sache, so gut ich es eben vermag.

Von vorschnellen Leuten wird oft behauptet, wir seien eine konservative Spezies und unzugänglich für neue

Ideen. Das finde ich nicht. Ich bin oft entsetzt über die Gier und Leichtgläubigkeit, mit der neue Ideen aufgeschnappt und ohne den geringsten Anhalt für einen verläßlichen Beweis übernommen werden. Die Leute glauben alles, was sie amüsiert, befriedigt oder ihnen irgendeine Art von Gewinn verspricht. Ich tröste mich wie Stuart Mill mit der Vorstellung, daß die dummen Ideen mit der Zeit an Reiz verlieren, aus der Mode kommen und einmal nicht mehr existieren werden; daß die falschen Versprechungen, wenn sie erst gebrochen sind, dem Spott und Zynismus anheimfallen und in Vergessenheit geraten; und daß nach diesem Prozeß des Aussiebens die verläßlichen Ideen überleben, weil sie unzerstörbar sind (denn wenn man sie auch unterdrückt oder vergißt, man wird sie immer wieder neu entdecken), und daß sie dem Bestand der gesicherten Erkenntnis, den wir Wissenschaft nennen, hinzugefügt werden. Auf diese Weise erwerben wir einen wohlerprobten Grundstock an Ideen zur Ausstattung unseres Geistes, und daraus besteht ja richtige Bildung, im Unterschied zu der Pseudobildung durch Schulen und Universitäten.

Leider hat dieses einfache Schema einen Haken. Es übersieht die kluge alte Regel »Schütte dein schmutziges Wasser nicht weg, ehe du sauberes hast«, die wahrhaft teuflisch ist, wenn man sie nicht vervollständigt mit »Wahrlich, ich sage dir, sobald du sauberes Wasser hast, sollst du dein schmutziges wegschütten und vor allem dafür sorgen, daß du das eine nicht mit dem andern vermischst.«

Ja, und eben das tun wir nie. Wir bleiben dabei, das saubere Wasser in das schmutzige zu gießen, und folglich ist unser Geist immer getrübt. Der gebildete Mensch von heute hat einen Geist, den man nur mit einem Laden vergleichen kann, in dem die neuesten und wertvollsten Errungenschaften nachlässig auf einen widerlichen Haufen von aussortiertem Abfall, Plunder und wertlosem altem Zeug aus der musealen Rumpelkammer geworfen werden. Der Laden ist ständig bankrott, und zu seinen Inhabern gehören Wilhelm der Eroberer und Heinrich VII., Moses und Jesus, der heilige Augustinus und Sir Isaac Newton, Calvin und Wesley, die Königin Victoria und H. G. Wells, während sich unter den pfandfordernden Gläubigern Karl Marx und Einstein und Dutzende von Leuten befinden, die mehr oder weniger Stuart Mill und mir gleichen. In solch einem Durcheinander kann kein Geist vernünftig ans Werk gehen. Und da unsere derzeitige Schul- und Universitäts- und Berufsausbildung darin besteht, dieses Durcheinander in den Köpfen jeder neuen Generation von Kindern zu reproduzieren, stiften wir revolutionäre Notstände an, unter welchen diese durch akademische Titel verwirrten Personen zwangsweise des politischen Mitspracherechts enthoben und disqualifiziert werden, als in der Tat amtlich anerkannte Irre, und die Leitung der Geschäfte den Autodidakten und Einfältigen übertragen wird.

Das auffallendste Beispiel für diese wahnsinnige Praxis der ständigen Übernahme von neuen Ideen ohne den Kehraus der Vorstellungen, die dadurch überholt werden, ist der Stellenwert der Bibel in jenen Ländern, wo ihr der außerordentliche künstlerische Wert der englischen Übersetzung eine magische Macht über die Leser verliehen hat. Diese Macht ist nun am Verschwinden, da das Englisch des sechzehnten Jahrhunderts eine aussterbende Sprache ist und uns neue Übersetzungen aufgezwungen werden, einfach deshalb, weil die alte für die breite Masse nicht mehr verständlich ist. Diese neuen Versionen haben – die guten durch ihre bewundernswert anheimelnde Schlichtheit, die mittelmäßigen durch ihre zeitungshafte Alltäglichkeit – die biblischen Schilderungen plötzlich in ein Licht wohlvertrauter Wirklichkeit gerückt, was ihre Leser nötigt, sie der Prüfung durch den gesunden Menschenverstand zu unterziehen.

Aber der Einfluß dieser modernen Übersetzungen ist noch nicht sehr groß. Mir scheint, daß Leute, denen die alte Version unverständlich und langweilig vorkommt, sich gar nicht auf die neuen Versionen einlassen: sie lesen die Bibel einfach nicht mehr. Die wenigen, die von den neuen Versionen gefesselt werden und Interesse daran zeigen, stoßen per Zufall darauf, was, weil es Zufall ist, zwangsläufig selten geschieht. In der Kirche freilich hören sie nach wie vor die Lesungen in der alten Übersetzung, vorgetragen in einem besonders ehrfurchtsvollen Ton; die Kinder in der Sonntagsschule werden weiterhin angehalten, Bibelverse auswendig zu lernen, und bekommen zur Belohnung kleine Kärtchen, auf denen die Texte abgedruckt sind; und Schlaf- und Kinderzimmer werden immer noch mit biblischen Geboten, Warnungen und Tröstungen dekoriert. Seit dem vergangenen Jahrhundert hat die »Britische und Auswärtige Bibel-Gesellschaft« jährlich mehr als drei Millionen Bibeln verteilt; und wenngleich viele dieser Exemplare wahrscheinlich nur Kirchgängerballast sind und an Werktagen niemals aufgeschlagen werden

oder aber Geschenke in Erfüllung von Patenpflichten, so zählen sie doch. Noch immer haben wir im Gesetzbuch einen Paragraphen, den kein Staatsmann aufzuheben wagt und dem zufolge es für einen bekennenden Christen ein Kapitalverbrechen ist, die wissenschaftliche Wahrheit und übernatürliche Autorität auch nur eines Wortes der Heiligen Schrift in Frage zu stellen – die Strafen dafür erstrecken sich bis zu vernichtender Ächtung; und ebendiese Anerkennung der Bibel als einer unfehlbaren Enzyklopädie ist einer der Glaubensartikel der Anglikanischen Kirche, auch wenn ein anderer Artikel, und zwar der allererste, die körperliche und gefräßige Natur Gottes, auf welcher der Pentateuch besteht, glatt leugnet.
In all den genannten Fällen heißt Bibel soviel wie die von King James I autorisierte Übersetzung vorzüglicher Beispiele aus der altjüdischen Literatur für Natur- und Staatsgeschichte, Dichtung, Sittenlehre, Theologie und Rhapsodik. Die Übersetzung wurde außerordentlich gut gemacht, weil für die Übersetzer das, was sie übersetzten, nicht nur eine merkwürdige Sammlung alter Bücher von unterschiedlichen Autoren auf unterschiedlichen Stufen der Kultur war, sondern das Wort Gottes, auf göttliche Weise offenbart durch seine auserwählten und eigens dazu inspirierten Schriftgelehrten. In dieser Überzeugung führten sie ihre Arbeit mit grenzenloser Ehrfurcht und Sorgfalt aus und gelangten zu einem wunderbar künstlerischen Ergebnis. Es schien ihnen gar nicht vorstellbar, daß sie den Urtext noch übertreffen könnten; denn wer wäre schon in der Lage, Gottes persönlichen Stil zu verbessern? Und da sie auch nicht auf den Gedanken kamen, daß die gött-

liche Offenbarung mit dem, was sie gläubig für ihre religiösen Wahrheiten hielten, in Konflikt geraten könnte, zögerten sie nicht, einen verneinenden Ausdruck mit einem bejahenden zu übersetzen, wo es den Anschein hatte, als würde so ein Konflikt entstehen, zumal sie wohl kaum ihrer eigenen begrenzten Kenntnis des Althebräischen trauen konnten, wenn sie den Grundlagen ihres Glaubens widersprach, und sicher auch nicht daran zweifelten, daß Gott, worum sie ja beteten, schon dafür sorgen würde, daß seine Botschaft unter ihren Händen keinen Schaden erlitte. In diesem Zustand der Verzückung schufen sie eine so herrliche Übertragung, daß der gewöhnliche Brite oder Bürger der Vereinigten Staaten von Nordamerika sie bis heute anerkennt und als *ein* Buch *eines* Autors verehrt: das Buch als das Buch der Bücher, und Gott als den Autor. Den Zauber dieses Buches, seine Verheißung des Heils, sein Pathos und seine majestätische Würde hat Händel, der mit seinem *Messias* noch immer Atheisten zum Weinen bringen und Materialisten den Kitzel des Erhabenen vermitteln kann, zur Transzendenz gesteigert. Sogar die Ignoranten, für die Religion nur roher Fetischismus und Zauberei ist, preisen die Bibel als einen papierenen Talisman, der Geister vertreibt, Zeugen vor falschen Aussagen bewahrt und Geschosse abprallen läßt, wenn ein Soldat ihn gläubig in der Tasche trägt.
Nun liegt es auf der Hand, daß solche Bibelverehrung, obwohl sie im besten Fall, wenn man den Kopf andauernd in den Wolken trägt, zu Erhabenheit führen mag, ebenso lächerlich wie gefährlich werden kann, wenn man mit den Füßen nicht auf dem Erdboden bleibt. Es ist eine Sache tagtäglicher Erfahrung, daß ein Buch,

welches für eine unfehlbare Offenbarung gehalten wird, sei der Verfasser nun Moses, Hesekiel, Paulus, Swedenborg, Joseph Smith, Mary Baker Eddy oder Karl Marx, derart viel Hoffnung, Trost, Teilnahme und Glück in unser individuelles Leben zu bringen vermag, daß wir es sehr wohl als einen Schlüssel zum Paradies betrachten können. Sollte das Paradies aber ein Narrenparadies sein – was es zwangsläufig ist, wenn seine Bestandteile imaginär sind –, dann darf man es nicht zur Grundlage eines Staates machen, sondern muß es in die Kategorie der schmerzstillenden, einschläfernden und betäubenden Heilmittel einreihen. Nicht umsonst haben die fanatisch religiösen Begründer des neuen Rußland die Religion der Griechischen Kirche als »Opium« abgelehnt. Genau das nämlich wird eine Religion, wenn man sie von der Wirklichkeit loslöst. Sie ist nützlich für ehrgeizige Herrscher in korrupten politischen Systemen als ein Sedativum bei Volksunruhen (weshalb der Tyrann auch immer viel Wesens um den Priester macht); auf lange Sicht jedoch muß die Zivilisation zur ehrlichen Realität zurückkehren oder aber untergehen.

Gegenwärtig hebt eine Partei die Bibel im Namen der Religion in den Himmel, die andere versucht, sie im Namen der Wissenschaft ganz loszuwerden. Beide Begriffe werden so unbekümmert mißbraucht, daß der Bischof von Birmingham seine Schäfchen einmal gewarnt hat, die wissenschaftliche Partei stehe Christus bald näher als die Kirchengemeinden. Ich selbst, der ich eine Art inoffizieller Bischof von Überall bin, habe den Wissenschaftlern wiederholt vorgehalten, daß die Quäker im Grunde sehr viel wissenschaftlicher sind als die offiziellen Biologen. In dieser Verwirrung wage ich vorzuschlagen, daß wir die Bibel weder dem Himmel überlassen, noch die unmögliche Aufgabe angehen, sie zu unterdrücken. Warum holen wir sie nicht einfach auf den Erdboden herunter und nehmen sie als das, was sie wirklich ist?

Damit die gute Laune erhalten bleibt, bin ich durchaus willens, meinen protestantischen Freunden zuzugestehen, daß die Bibel im Himmel zuweilen zu günstigen Ergebnissen führte, wie während der Kämpfe um das Überleben des protestantischen Freigeists (so weit er das war) gegen die bestehenden Kirchen und Imperien. Der Soldat unter Cromwell, Wilhelm von Oranien und Gustav Adolf kämpfte, seine Bibel in der einen und seine Waffe in der anderen Hand, mit der Stärke von zehn Männern. Den ganz Nostalgischen sei auch heute noch ein wenig Romantik gegönnt mit den Hugenotten in La Rochelle, dem Psalmengesang der Cromwell-Reiterei bei Dunbar, den Schiffen, die den Ansturm brachen und Londonderry von der Belagerung befreiten, und sogar mit Dugald Dalgetty. Aber der Kampf zwischen den Guelfen (oder Welfen) und Ghibellinen ist so endgültig vorbei, daß im Krieg 1914-18 die Minister des Welfen-Königs nicht einmal wußten, was der Name bedeutet, und den König angesichts des Ghibellinen-Kaisers und des Heiligen Römischen Reichs zwangen, ihn abzulegen. Beim Wiederaufleben dieses Krieges kämpfte der Soldat, nun ausgerüstet mit ein paar Atombomben, mit der Stärke von einer Million Männern; aber die vergötzte Bibel stand immer noch hinter den volkstümlichen Nachrichtenblättern, erfüllt vom Geist der Feldzüge Josuas, und hielt unser Schwert als das Schwert des Herrn und Gideons hoch erhoben, während sie uns zum Schlachten der neuzeitlichen Amalekiter und Kanaaniter – der Deutschen – aufhetzte, die als Götzendiener und Kinder des Teufels galten. Obwohl die Parole (König und Vaterland) anders lautete, war der Geist der gleiche: es war der alte eingebildete Zwist zwischen Jehova und Baal. Allein, die Deutschen, da sie ja gleichfalls für König und Vaterland kämpften und wie wir restlos davon überzeugt waren, daß Jehova – der Herr mächtig und stark, der Herr mächtig im Kampf, der Herr der Heerscharen (die jetzt Großbataillone hießen) – ihr Gott war und der unsere sein Feind, kämpften genauso hart und fühlten sich ganz genauso tugendhaft wie wir. Aber die Wunden der Zivilisation waren so schwer, daß wir heute noch nicht wissen, ob sie sich nicht als tödlich herausstellen, zumal sie im Geist des Alten Testaments, seiner Prinzipien und seines Aberglaubens gar nicht verheilen können.

Die Situation ist nicht länger harmlos. Die alten Anbeter Jehovas, bewaffnet mit Schwert und Speer und demoralisiert von einem klugen Bürschchen mit Schleuder, konnten nicht alle und alles morden und zerstören. Doch mit dem Einsatz von Maschinengewehr und Amphibienpanzer, Flugzeug und Gasbombe gegen Städte, wo Millionen Einwohner für Licht und Wärme, Wasser und Lebensmittel auf zentrale technische Einrichtungen wie auf große Stahlherzen und -adern angewiesen sind, die binnen einer halben Stunde von einem Bürschchen in einem Bomber zerschmettert werden können, müssen wir wirklich achtgeben, daß der Junge besser erzogen wird als Noah und Josua.

Mit einfachen Worten: Da wir die Bibel nicht abschaffen können, wird sie uns abschaffen, wenn wir nicht lernen, sie »im rechten Geist« zu lesen, von dem ich annehme, es sei der Geist der intellektuellen Redlichkeit, der anständige Denker dazu verpflichtet, jede Zeile, die Anspruch auf göttliche Autorschaft erhebt, mit allem Witz und Verstand zu lesen und sie ganz genauso zu beurteilen, wie man den Koran, die Upanishaden, Tausendundeine Nacht, den Leitartikel der »Times« von heute oder die Karikatur in »Punch« von letzter Woche beurteilt, weil man schließlich weiß, daß jedes geschriebene Wort gleichermaßen offen ist für Inspirationen aus der ewigen Quelle wie anfällig für Irrtümer infolge der menschlichen Unvollkommenheit seines Autors.

Wem also außer dem Antiquar und literarischen Connaisseur kann die Bibel heutzutage überhaupt noch etwas nützen? Warum werfen wir sie nicht in den Papierkorb? Nun, dazu müßte man die Sache erst einmal richtig in Augenschein nehmen. Lassen wir ihr zunächst Gerechtigkeit widerfahren.

Wie steht es mit den Gesetzestafeln? Den Zehn Geboten? Die haben nicht einmal ausgereicht für den umherziehenden Wüstenstamm, dem sie von Moses auferlegt wurden; und dieser hat es, wie später Mohammed, nur deshalb geschafft, daß man sie respektierte, weil er vorgab, sie seien ihm auf übernatürliche Weise offenbart worden. Sie mußten durch die ausgeklügelten Kodizes der Leviten und des Deuteronomiums ergänzt werden, die selbst der allerfanatischste gesetzestreue Jude nicht mehr befolgen könnte, ohne unsere modernen Sitten gröblich zu verletzen und gegen das

Strafgesetz zu verstoßen. Sie sind heute nur noch alter Ballast; denn die einfacheren ihrer gültigen Sätze sind die unabdingbaren Binsenwahrheiten der menschlichen Gesellschaft, und es braucht keine Bibel, diese zu offenbaren oder ihnen Autorität zu verleihen. Das zweite Gebot – der Islam hat es sich zu Herzen genommen – wird in der gesamten Christenheit gebrochen und ignoriert, obschon seine Warnung vor den Bezauberungen durch die schönen Künste der gründlichsten Beachtung würdig ist, ja, hätte sein Urheber die Magie der Sprach-Musik so gut gekannt, wie er die des Abbildes kannte, man könnte es zugleich als Warnung vor unserer abgöttischen Verehrung der Bibel verstehen. Die Zehn Gebote allesamt sind für heutige Bedürfnisse ungeeignet und ihnen unangemessen, da sie kein einziges Wort gegen jene von den Dieben legalisierten Formen des Diebstahls sagen, die das moralische Fundament unserer Gesellschaft untergraben und uns zum langsamen gesellschaftlichen Zerfall verdammen, wenn wir nicht, wie Rußland, durch einen alles zertrümmernden Zusammenbruch aufgeweckt werden.

Zusätzlich zu diesen rein denkerischen Nachteilen kommt der konkrete, daß die Religion, wie sie uns in den früheren Büchern eingeschärft wird, ein rohes und scheußliches Ritual von Menschenopfern ist, mit denen man eine mörderische Stammesgottheit versöhnlich stimmen und sie beispielsweise dazu bewegen wollte, die Menschheit vor der Vernichtung durch eine zweite Sintflut zu bewahren, indem man ihr das Vergnügen am Duft frisch gerösteten Fleisches bereitete, so als Noah »von allerlei reinem Vieh und von allerlei reinem Geflügel nahm und Brandopfer auf dem Altar opferte«. [1. Moses 8.9] Zwar wird dieses Ritual in den späteren Büchern heftig verworfen und der dazugehörige Gott ausdrücklich durch den Propheten Micha abgelehnt, der zeigt, wie es sich mit fortschreitender Kultur der Juden selbst überholte, doch blieb die Tradition des Blutopfers, wodurch man sich von der Rachsucht eines schrecklich zornigen Gottes durch ein ekelhaftes und abscheulich grausames Menschenopfer loskaufen kann, sogar bis ins Neue Testament erhalten, wo sie sich mit der Marter und Hinrichtung Jesu durch den römischen Statthalter von Jerusalem verknüpft und diesen Schrecken nach der Art Noahs verklärt als ein Mittel, mit dem wir alle unser Gewissen betrügen, unserer moralischen Verantwortung entgehen und unsere Scham in Selbstbeweihräucherung verwandeln können, indem wir sämtliche Sünden auf die gegeißelten Schultern Christi abladen. Eine demoralisierendere und unchristlichere Doktrin kann man sich schwerlich vorstellen: in der Tat wäre es durchaus nicht unvernünftig, wenn das Komitee für kulturelle Zusammenarbeit des Völkerbundes dem Beispiel der römisch-katholischen Kirche folgte und so lange gegen die wahllose Verbreitung der Bibel protestierte (es sei denn, alle Bedingungen für eine sorgfältige spirituelle Anleitung wären gegeben), bis man den Anspruch auf ihre übernatürliche Autorität endgültig und unzweideutig fallenließe.

Was die Bibelforschung betrifft, so hat sie gegenüber der materialistischen Modeströmung der Biologie im neunzehnten Jahrhundert den Vorteil, eine Wissenschaft des Lebens zu sein und nicht ein Versuch, Physik und Chemie an dessen Stelle zu setzen; aber sie ist hoffnungslos vor-evolutionär, und ihre Beschreibungen vom Ursprung des Lebens und der Moral sind offensichtlich Märchen; ihre Astronomie sieht die Erde als Mittelpunkt des Alls; ihre Vorstellungen vom gestirnten Universum sind kindlich; ihre Geschichtsschreibung ist episch und gleichnishaft: kurz, Leute, die ihre Bildung in diesen Bereichen aus der Bibel beziehen, sind auf derart absurde Weise falsch informiert, daß sie zu öffentlicher Anstellung, zu elterlicher Verantwortung oder zum Bürger- und Wahlrecht nicht taugen. Als Enzyklopädie muß man die Bibel folglich der ersten Ausgabe der »Encyclopaedia Britannica« gleichsetzen, als eine Dokumentation dessen, was die Menschen einstmals geglaubt haben, und Anhaltspunkt dafür, wie weit dieser obsolete Glaube hinter ihnen liegt. Und dennoch bleibt, wenn man dies alles eingeräumt hat, die Tatsache bestehen, daß ein Großteil der Bibel sehr viel lebendiger ist als die Zeitung von heute morgen und die Parlamentsdebatte von gestern abend. Ihre Chroniken sind bessere Lektüre als die meisten unserer modernen Geschichtsbücher und weniger bewußt verlogen. An revolutionärer Polemik und utopischer Sehnsucht übertrifft sie Ruskin, Carlyle und Karl Marx mit Leichtigkeit; ihre Epen von großen Führern und großen Verbrechern lassen Homer oberflächlich und Shakespeare unausgeglichen erscheinen. Und ihr eines großes Liebesgedicht ist das einzige, das einen Mann, der wirklich liebt, zufriedenstellen kann. Shelleys »Epipsychidion« ist dagegen nur heiße literarische Luft.

In summa, sie ist eine durch aufregendste Beispiele an-

schaulich gemachte Zusammenfassung der Geschichte eines Stammes von geistig energischen, einfallsreichen und aggressiv-aneignungsfreudigen Menschen, die sich durch unbedenkliche Eroberung zu einem Volk entwickelten, ermutigt durch die Wahnvorstellung, sie seien »Gottes auserwähltes Volk« und als solches die natürlichen Erben der ganzen Welt mit Anwartschaft auf eine künftig glückselige Ewigkeit im Reich des Himmels. Und diese Geschichte verschweigt keineswegs das Faktum, daß die Wahnvorstellung am Ende dazu führte, daß die Nation zerstört, die Menschen zerstreut und fanatischen Verfolgungen ausgesetzt wurden durch besser disziplinierte Staaten, die zwar genauso zuversichtlich an ein Monopol göttlicher Begünstigung aufgrund eigener Verdienste glaubten, den Juden aber trotzdem das Kompliment erwiesen, ihre Götter und Propheten zu adoptieren, da diese, im ganzen gesehen, den Herrschenden nützlicher waren als die verfügbaren Alternativen.
Der Unterschied zwischen einem Wilden, der nicht lesen kann, und einem Individuum, das ein solches Geschichtsbuch gelesen hat (natürlich mit Überspringen des überflüssigen genealogischen Krams und des gelegentlichen Unsinns, der entsteht, wenn man aus einer unvollkommen verstandenen Sprache übersetzt), ist enorm. Ein Gemeinwesen, dem ein solcher historischer Lehrstoff für Familie und Schule vorgeschrieben wird, mag zwar für seine Nachbarn bedrohlicher und selbst in größerer Gefahr sein, an Intoleranz und Größenwahn zu zerbrechen, als ein Gemeinwesen, wo man entweder gar nichts oder dumme Romane, Fußballergebnisse und Lokalnachrichten liest – aber es ist frag-

los ein besser gebildetes. Daher ist es nicht im geringsten überraschend oder unverständlich, daß viele Menschen, die sich keine Illusionen über die Bibel machen und ihre Nachteile voll und ganz kennen, sich *faute de mieux* für biblische Erziehung entscheiden, wenn die einzige jedem zur Verfügung stehende Alternative überhaupt keine Allgemeinbildung wäre. Deswegen kann bloße Kritik an der biblischen Erziehung so wenig ausrichten. Althebräische Geschichte und Literatur, auch wenn sie nur halb so fabelhaft ist, ist besser als gar keine Geschichte und gar keine Literatur; und weder bedaure ich meine eigene Bibel-Erziehung, noch ärgere ich mich darüber, zumal mein Verstand bald leistungsfähig genug war, um ihren tatsächlichen Wert einzuschätzen. Jedenfalls gibt die Bibel einem Kind einen besseren Start ins Leben als die Gosse.

Dieses Bekenntnis wird unseren Bibelanbetern gefallen; doch darf es sie keinesfalls zu der Annahme verleiten, ihr Fetischismus könne nun verteidigt werden mit der Beteuerung, es wäre besser, ein Noah oder Abraham oder Sir Isaac Newton zu sein als ein Londoner Straßenkind. Straßenkinder sind heute in Zeiten der allgemeinen Schulpflicht nicht sehr häufig. Die Alternative zum Buch der Genesis ist derzeit nicht Dummheit oder Unwissenheit, sondern H. G. Wells' *Outline of History** sowie die zahlreichen Nachahmungen und Ergänzungsschriften, die der ungeheure Erfolg dieses Buchs hervorgerufen hat. Während der letzten zweihundert Jahre entstand eine Fülle von inspirierten Werken der Geschichte, Literatur, Dichtung,

* Deutsch (in gekürzter Fassung) u.d.T. *Die Geschichte unserer Welt*

Wissenschaft und Kunst durch genau dieselben geheimnisvollen Impulse, durch welche die Bibel einmal entstand und inspiriert wurde. In all den genannten Gebieten jedoch bleibt die Bibel auf der Strecke. Der Bibelkundige nämlich ist heute der Ignorant. Wenn Sie daran zweifeln, versuchen Sie doch mal, einen Eignungstest für irgendeinen praktischen Beruf zu bestehen, indem Sie auf die Fragen des Prüfers biblische Antworten geben. Sie haben Glück, wenn man Sie nur durchfallen läßt und nicht für geisteskrank erklärt. In allen Bereichen der Wissenschaften, die früher von der Bibel angeblich mit unfehlbarer Autorität abgedeckt wurden, ist sie heute hoffnungslos überholt, mit einer Ausnahme. Diese Ausnahme ist die theologische Wissenschaft, die noch immer in der Luft schwebt und so metaphysisch ist, wie die Gebildeten das nennen, daß unsere materialistischen Wissenschaftler ihr verachtungsvoll das Recht absprechen, sich überhaupt als Wissenschaft zu bezeichnen.

Aber es gibt kein zuverlässigeres Symptom für einen niedrigen und von Grund auf stumpfen Geist, wie durchsetzungsfähig er auch bei vielen praktischen Tätigkeiten sein mag, als die Verachtung der Metaphysik. Ein Mensch mag noch so fähig sein als Mathematiker, Ingenieur, parlamentarischer Taktiker oder Buchmacher – wenn er das Universum sein Leben lang vor Augen hat, ohne jemals zu fragen »Was zum Teufel soll das alles?«, dann ist er (oder sie) einer von denen, die Calvin in seine Kategorie der prädestiniert Verdammten eingeordnet hat.

Deswegen bleibt die Bibel, auch wenn sie in jeder anderen Hinsicht wissenschaftlich veraltet ist, weiterhin interessant als eine Darstellung der Entwicklung des Gottesbegriffs, d. h. der entscheidenden Anstrengung der zivilisierten Menschheit, sich Leben, Ursprung und Zweck des Weltalls, soweit wir uns dessen bewußt sind, zu erklären, ausgehend von der kindlichen Götzenverehrung eines donnernden, erderschütternden, mit Hungersnot schlagenden, Pest und Seuchen verhängenden, blind- und taubmachenden, mordenden, im Zerstören allmächtigen Buhmanns, der Nacht und Tag, Sonne und Mond, die vier Jahreszeiten und die Wunder von Saat und Ernte werden läßt, bis hin zu dem unerschrockeneren Idealbild eines gütigen Weisen, gerechten Richters, zärtlich liebenden Vaters, der am Ende in das entstofflichte Wort übergeht, das niemals Fleisch wird – an welchem Punkt dann die moderne Wissenschaft und Philosophie das Problem aufgreifen mit der *vis naturae*, dem *élan vital*, der *life force*, dem Evolutionstrieb, dem noch abstrakteren kategorischen Imperativ und was sonst noch allem.

Nun ist das Studium dieser Entwicklungsgeschichte einer Hypothese, beginnend mit der Götzenanbetung der Wilden bis zur hochdifferenzierten Metaphysik, so fesselnd, lehrreich und beruhigend, wie es irgendein Studium für einen offenen Geist und rechtschaffenen Intellekt nur sein kann. Aber wir verderben alles durch unsere faule und schlampige Angewohnheit, das schmutzige Wasser nicht auszuschütten, sobald wir sauberes haben. Die Bibel bietet uns eine Reihe von Göttern, von denen jeder eine auffallende Verbesserung gegenüber seinem Vorgänger ist und einen Aufstieg des Menschen hin zu einem edleren und tieferen Erfassen der Natur kennzeichnet, und mit jeder Stufe geht eine Reinigung des Lebenswassers einher, die eine gründliche Leerung und Säuberung des Gefäßes erforderlich macht, ehe man es wieder mit frischem und reinerem Vorrat auffüllt. Aber wir vermasseln den Segen, weil wir das Wasser aus der neuen Quelle einfach mit dem Inhalt des schmutzigen alten Kübels verrühren, und wiederholen diese Torheit so lange, bis unser Geist in eine derart widerliche Unordnung gerät, daß wir ein Gegenstand des Mitleids werden für die oberflächlichen, aber klardenkenden Atheisten, die ohne Metaphysik zufrieden sind und an der ganzen Sache nichts weiter erkennen können als deren Verwirrungen und Absurditäten. Praktische Geschäftsleute lehnen es ab, überhaupt mit so verworrenen Dingen belästigt zu werden.

Nehmen wir uns die Lage einmal im einzelnen vor, wie sie sich in der Bibel entwickelt. Der Gott Noahs ist nicht der Gott Hiobs. Denken Sie nur an die zornige Gottheit, die in einem Anfall wütenden Abscheus gegen die Schlechtigkeit der Menschen alle Lebewesen auf Erden ertränkte, mit Ausnahme einer einzigen Familie von jeder Gattung, und die daraufhin noch zuläßt, daß das Oberhaupt der einzigen Menschenfamilie sie durch den »süßen Duft« von brennendem Fleisch beschwichtigt! Ist sie denn identisch mit der toleranten, streitlustigen, hochgebildeten, weltmännisch philosophischen Gottheit, die den Teufel in vertraulichem Ton bei Laune hält und eine Wette mit ihm abschließt, daß er Hiob nicht zur Verzweiflung an der göttlichen Güte treiben könne? Wer den Unterschied zwischen diesen beiden Göttern nicht zu erkennen vermag, der kann den allereinfachsten Intelligenztest nicht bestehen,

denn er ist unfähig, Gleich und Ungleich zu unterscheiden.
Obwohl der Gott Hiobs aber ein großer Fortschritt gegenüber dem Gott Noahs ist, kann er nur schlecht argumentieren – oder sollen wir ihm wirklich zutrauen, daß er sich absichtlich vor der Niederlage rettete nach der alten Devise: Kein Fall für das Gericht! Beschimpft den Anwalt des Klägers! Hiobs Frage nach der Existenz des Bösen und deren Unvereinbarkeit mit der allmächtigen Güte wird ja nicht dadurch stichhaltig beantwortet, daß man ihn verspottet, nur weil er keinen Leviathan erschaffen oder mit einem solchen wie mit einem Vogel spielen kann. Und außerdem liegt eine sehr verdächtige Ähnlichkeit mit dem Gott Noahs in dem Entgegenkommen, die Komplizenschaft der Freunde Hiobs zu übersehen angesichts seiner Bedenken beim Opfer der sieben jungen Stiere und sieben Widder. Gottes Versuch zu argumentieren ist nur eine Wiederholung und Ausschmückung der ungehaltenen Vorwürfe Elihus und folgt so unvermittelt auf diese, daß man zu dem Schluß kommt, es müsse sich um eine fromme Fälschung handeln, mit der die Tatsache kaschiert werden soll, daß die Originaldichtung das Problem des Bösen ungelöst und die Kritik Hiobs unbeantwortet läßt, was ja auch wirklich so lange der Fall war, bis der Begriff der schöpferischen Evolution die Lösung brachte.
Micha endlich schüttet furchtlos das schmutzige Wasser weg. Er will den Gott Noahs nicht, auch nicht den Gott Hiobs mit seinen sieben Stieren und sieben Widdern. Er hebt den Gottesbegriff auf die bis dahin höchste Stufe, indem er die Blutopfer mit heftiger Ver-

achtung anklagt und ebenso inspiriert wie inspirierend verlangt: »Was der Herr von dir fordert, nämlich Gottes Wort halten und Liebe üben und demütig sein vor deinem Gott«. Vor diesem Sieg des menschlichen Geistes über den rohen Aberglauben fallen der Gott Noahs und der Gott Hiobs um wie Kegelfiguren – es ist zu Ende mit ihnen. Und doch lehrt man unsere Kinder keineswegs nach diesem großen Triumph der geistigen Einsicht über den rein animalischen Terror, zu jubeln, sondern zu glauben, daß der Gott Michas, der Gott Hiobs und der Gott Noahs ein und derselbe seien und daß alle braven Kinder dem Geist der Gerechtigkeit und der Gnade und Demut genauso huldigen müßten wie dem Appetit auf geröstetes Fleisch und Menschenopfer. Und solche unterschiedslose und unsinnige Verehrung wird ihnen als Religion eingebläut.

Später kommt Jesus dazu, der sich noch höher aufzuschwingen wagt. Er gibt uns zu verstehen, daß das Göttliche etwas ist, was sich im Menschen selbst verkörpert: zum Beispiel in ihm. Und schon wird er von seinen entsetzten Zuhörern gesteinigt, die darin nichts anderes zu sehen vermögen als einen ungeheuerlichen Versuch, sich für Jehova persönlich auszugeben. Aus diesem für die Schmutzigwasser-Theologie typischen Mißverständnis machte Emanuel Swedenborg achtzehnhundert Jahre später eine Glaubenslehre. Der ursprüngliche Hinweis Jesu ist jedenfalls ein Fortschritt gegenüber der Theologie Michas; denn der demütig vor seinem Gott wandelnde Mensch ist ein untaugliches Geschöpf im Vergleich zu dem fragenden und forschenden Menschen, der als Instrument und Verkörperung Gottes von nichts anderem geleitet wird als von dem göttlichen Funken in ihm selbst. Hier liegt sicherlich der größte Durchbruch in der Bibel vom Alten zum Neuen Testament. Doch wird auch er noch von schmutzigem Wasser verunreinigt; wir stoßen da nämlich auf Paulus, der Christus den Ephesern vorstellt als »Gabe und Opfer, Gott zu einem süßen Geruch« und somit das Christentum auf die Stufe Noahs zurück- und herunterzieht. Keiner der Apostel ist über diese Stufe hinausgelangt; und das Resultat war, daß die großen Vorstöße von Micha und Jesus wieder aufgehoben wurden und man das historische Christentum auf den Opferaltären Jehovas errichtete, mit Jesus als Opfer. Was er und Micha sagen würden, wenn sie wiederkehren und sehen könnten, wie ihr Name und guter Ruf mit Formen der Götzenverehrung in Verbindung gebracht wird, die sie selbst verabscheuten, das vermögen sich nur diejenigen vorzustellen, die beide verstehen und mit ihnen fühlen.

Man könnte Jesus vorwerfen, er habe seine Jünger sehr unweise gewählt, vorausgesetzt, wir könnten überhaupt glauben, daß er eine echte Wahl hatte. Es gibt Augenblicke, da man versucht ist zu behaupten, es sei nicht ein einziger Christ unter ihnen gewesen, allenfalls Judas habe noch einen Schimmer gesunden Menschenverstands gezeigt. Da Jesus geistige Kräfte und Einsichten hatte, die das Fassungsvermögen seiner Jünger weit überstiegen, verehrten sie ihn als eine übermenschliche und sogar übernatürliche Erscheinung und machten sein Andenken zum Kern ihres primitiven Glaubens an die Magie, ihres Noahismus, ihrer Sentimentalität, ihres masochistischen Puritanertums und ihrer simplen Moralvorstellung mit den dazugehörigen Strafandrohungen, wovon einiges zwar recht anständig und ehrlich und liebenswert, aber nie auch nur einen Augenblick auf dem geistigen Niveau Jesu war und schlimmstenfalls schon schwanger ging mit allen Greueln der späteren Religionskriege, der Judenverbrennungen unter Torquemada und der grauenhaften Wiederaufnahme dieser Verfolgung in unserem Jahrhundert unter Hitler.

Leider, leider trug der Tod Jesu dazu bei, sein Ansehen zu vulgarisieren und seine Lehre zu verdunkeln. Die Römer richteten ihre eigenen politischen Verbrecher zwar dadurch hin, daß sie sie vom Tarpejischen Felsen stießen, Sklavenaufstände jedoch bestraften sie mit Kreuzigung. Sechstausend Gefolgsmänner des revolutionären Gladiators Spartacus hatten sie schon ans Kreuz geschlagen, ein Jahrhundert bevor Jesus durch den Hohenpriester der Juden als Volksaufwiegler gleichen Schlags denunziert wurde. Dementsprechend wurde er auch auf die gleiche gräßliche Weise gefoltert und getötet – mit dem noch ungleich gräßlicheren Ergebnis, daß man in seinem Fall das Kreuz und die anderen Folterinstrumente zu Symbolen des dreihundert Jahre später in seinem Namen rechtsgültig etablierten Glaubens erklärte. Als solche sind sie noch immer in der gesamten Christenheit anerkannt. So wurde die Kreuzigung für die Kirchen das, was das Gruselkabinett für das Wachsfigurenmuseum ist: eine unwiderstehliche Attraktion für Kinder und ganz ungehobelte erwachsene Gläubige. Das reine Lebenswasser Christi ist faulig geworden vom schmutzigsten Schmutzwasser der Götzenanbetung seiner barbarischen Vorväter, und unsere Prälaten und Statthalter

nehmen sich Kaiphas und Pontius Pilatus im Namen ihres verachteten und geschmähten Opfers zum Vorbild.
Der Fall wurde zusätzlich kompliziert durch den bedauerlichen Umstand, daß Jesus selbst – geschüttelt von jener Verzweiflung, die Swift, Ruskin und viele andere um den Verstand brachte angesichts der menschlichen Grausamkeit, Ungerechtigkeit, Not, Torheit und offenbar hoffnungslosen politischen Unfähigkeit, und vielleicht auch erschüttert von der Verehrung seiner Jünger und der Menschenmenge – sich von Petrus einreden ließ, er sei der Messias und der Tod könne ihm weder etwas anhaben noch seine Wiederkehr verhindern, um dereinst die Welt zu richten und seine Herrschaft auf Erden für immer und ewig zu begründen. Da solche romantischen Vorstellungen innerhalb der geistigen Reichweite seiner Jünger ebenso leicht entstehen konnten, wie seine soziale Lehre deren Horizont überstiegen hatte, wurde das »Kreuztum« auf der Autorität der Person Jesu errichtet. Später setzte man dann, aufgrund einer merkwürdigen Aufzeichnung der Visionen eines Drogensüchtigen, die absurderweise unter dem Titel *Offenbarung* in den Kanon übernommen wurde, ein Jahrtausend als die Zeitspanne fest, die vergehen mußte, bis Christus wiederkehren würde, so wie er es verheißen hatte. Anno domini 1000 entschwand die letzte Möglichkeit für diesen verheißenen Advent, aber bis dahin hatten sich die Leute schon so an die Verspätung gewöhnt, daß sie die zweite Ankunft bereitwillig durch einen zweiten Aufschub ersetzten. Das Schein-Christentum war faktenresistent und wird es immer sein.

Die ganze Sache ist undurchsichtig, und die Trübung hat nicht nur deshalb so lange angehalten, weil die Ansichten Jesu allen, außer den vorzüglichsten Geistern, zu hoch waren, sondern auch deshalb, weil auf sein Erscheinen jener Rückfall der zivilisierten Welt folgte, den wir als »finsteres Mittelalter« bezeichnen. Aus diesem tauchen wir gerade erst wieder so weit empor, um Christi höchst fortgeschrittene Denkweise zu begreifen und sie aus dem schmutzigen Wasser, in das die Apostel und ihre Nachfolger sie gegossen haben, herauszufiltern.

Sechshundert Jahre nach Jesus tat Mohammed einen gewaltigen Schritt vorwärts, weg von der Stock-und-Stein-Vergötterung und hin zu einem sehr erleuchteten Unitariertum; aber obwohl er als Eroberer starb und deshalb dem Schicksal entging, zur Hauptattraktion in einem arabischen Gruselkabinett gemacht zu werden, fand er es unmöglich, seine Araber unter Kontrolle zu halten, ohne sie gleichzeitig durch Verheißungen eines glückseligen Lebens für die Gläubigen und durch Androhungen ewig grauenvoller Qualen für die Sünder nach ihrem körperlichen Tod zu locken beziehungsweise zu verängstigen, und akzeptierte, nach ein paar ehrenwerten Protesten, die übernatürlichen Eigenschaften, die der kindliche Aberglaube seiner Anhänger ihm überstülpte, so daß auch er heute in seiner wahren Natur erst wiederentdeckt werden muß, bevor der Islam als lebendiger Glaube zur Erde zurückkehren kann.

Und nun, denke ich, sollten die Abenteuer des schwarzen Mädchens, wie sie sich mir offenbart haben, niemandem mehr ein Rätsel sein. Einem weißen Mädchen, das von Geburt an in der Schein-Christlichkeit der Kirchen watet, hätten sie schwerlich zustoßen können. Ich gehe davon aus, daß die Missionarin das schwarze Mädchen direkt seinem heimatlichen Stammesfetischismus »enthoben« hat, so daß es sich unbefangen mit der Bibel und deren Götterfolge beschäftigen konnte, das heißt mit der sich stufenweise abzeichnenden Entwicklung des Gottesbegriffs vom monströsen Schreckgespenst zum Ewigen Vater und Friedefürst. Noch hat es die Auseinandersetzung mit der Anglikanischen Kirche vor sich, in der Gott sublimiert wird zu einem Geist ohne Körper, ohne Gliedmaßen und ohne Leidenschaften, mit dem Nebeneffekt, daß Gott, trotz des vierten Evangeliums, *nicht* die Liebe ist. Liebe ist nicht genug (diese Entdeckung hat Edith Cavell beim Patriotismus gemacht), und das schwarze Mädchen hält es für klüger, Voltaires Rat zu befolgen und seinen Garten zu bestellen und die eigenen Negerlein großzuziehen, als sein Leben in der Einbildung zu verbringen, es könne eine vollständige Erklärung des Universums finden, indem es mit dem Knotenstock um sich schlägt.

Dennoch, den Knotenstock muß man gebrauchen, soweit der Weg klar erkennbar ist. Reiner Agnostizismus nützt den Ordnungshütern nichts. Wenn die Frage nach der Existenz des Götzen Noahs den für die moderne Zivilisation vitalen Punkt erreicht, ob unsere Kinder weiter so erzogen werden sollen, daß sie diesen Götzen anbeten und ihre Sünden durch Opferung wiedergutmachen oder, billiger noch, dadurch, daß sie hinter dem Opfer eines anderen Schutz suchen, dann ist jeder, der zögert, den Knüppel mit aller Kraft niedersausen zu lassen, lächerlich ungeeignet, in der Verwaltung eines modernen Staates irgendeine Rolle zu spielen. Die Dringlichkeit einer dahin zielenden Botschaft ist angesichts der gegenwärtigen Weltkrise wahrscheinlich der tiefere Grund für meine merkwürdige und plötzliche Inspiration gewesen, diese Geschichte zu schreiben, statt die Theaterliteratur mit einer weiteren Bühnenkomödie zu belasten.

Ayot St. Lawrence 1932-46

Bernard Shaw
im Suhrkamp Verlag

Gesammelte Stücke in Einzelausgaben. 14 Bände. Herausgegeben von Ursula Michels-Wenz. st 1850-1863

Band 1: Die Häuser des Herrn Sartorius. Komödie in drei Akten. / Frau Warrens Beruf. Stück in vier Akten. Deutsch von Harald Mueller und Martin Walser. st 1850

Band 2: Helden. Candida. Deutsch von Wolfgang Hildesheimer (Helden) sowie von Annemarie Böll und Heinrich Böll (Candida). st 1851

Band 3: Der Teufelsschüler. Man kann nie wissen. st 1852

Band 4: Cäsar und Cleopatra. Historisches Drama. Deutsch von Annemarie Böll und Heinrich Böll. Mit Begleittext des Autors. st 1853

Band 5: Mensch und Übermensch. Komödie in vier Akten. Deutsch von Annemarie Böll und Heinrich Böll. Mit dem Brief an Arthur Bingham Walkley. st 1854

Band 6: Major Barbara. Komödie in drei Akten. Deutsch von Helene Ritzerfeld. st 1855

Band 7: Des Doktors Dilemma. Eine Tragödie. Deutsch von Hans Günter Michelsen. st 1856

Band 8: Heiraten. Eine Debatte. Deutsch von Dieter Hildebrandt. st 1857

Band 9: Falsch verbunden. Komödie in drei Akten. Deutsche Erstausgabe in der Übersetzung von Alissa und Martin Walser. Mit der Vorrede des Autors »Eltern und Kinder«. st 1858

Band 10: Pygmalion. Deutsch von Harald Mueller. st 1859

Band 11: Haus Herzenstod. Eine Phantasie englischer Themen nach russischer Manier. Deutsch von Hans Günther Michelsen. Mit einer Vorrede des Autors und einer Nachbemerkung. st 1860

Band 12: Die heilige Johanna. Dramatische Chronik in sechs Szenen und einem Epilog. Deutsch von Wolfgang Hildesheimer. st 1861

Band 13: Der Kaiser von Amerika. Eine politische Extravaganz. Deutsch von Annemarie Böll und Heinrich Böll. Mit der Vorrede des Autors und einem Interview. st 1862

Band 14: Die Millionärin. Deutsch von Alf Poss. Die goldenen Tage des guten König Karl. Deutsch von Christine Koschel und Inge von Weidenbaum. Erstausgaben in diesen Übersetzungen. st 1863

70/1/3.95

Bernard Shaw
im Suhrkamp Verlag

Einzelausgaben

Die Abenteuer des schwarzen Mädchens auf der Suche nach Gott. Eine Legende. Mit einem Vorwort des Autors und den Illustrationen der Erstausgabe von John Farleigh. Aus dem Englischen von Ursula Michels-Wenz. BS 1029

Frau Warrens Beruf. Stück in vier Akten. Aus dem Englischen von Martin Walser. BS 918

Handbuch des Revolutionärs. Deutsch von Annemarie Böll und Heinrich Böll. BS 309

Die heilige Johanna. Dramatische Chronik in sechs Szenen und einem Epilog. Deutsch von Wolfgang Hildesheimer. BS 295

Helden. Komödie in drei Akten. Deutsch von Wolfgang Hildesheimer. BS 42

Unreif. Roman. Deutsch von Siegfried Trebitsch, für diese Taschenbuchausgabe revidiert. st 1226

Ein Wagner-Brevier. Kommentar zum Ring des Nibelungen. Aus dem Englischen von Bruno Vondenhoff. Mit einem Vorwort von Joachim Kaiser. BS 337

»Seien Sie nicht so undankbar, mir zu antworten«. Bernard Shaw – Lord Alfred Douglas. Briefwechsel. Herausgegeben von Mary Hyde. Aus dem Englischen von Ursula Michels-Wenz. Gebunden

70/2/3.95

Neuere deutschsprachige Literatur in den suhrkamp taschenbüchern

Baur, Margrit: Ausfallzeit. Eine Erzählung. st 1617
– Überleben. Eine unsystematische Ermittlung gegen die Not aller Tage. st 1098
Berkéwicz, Ulla: Adam. st 1664
– Engel sind schwarz und weiß. Roman. st 2296
– Josef stirbt. Erzählung. st 2296
– Maria, Maria. Drei Erzählungen. st 1809
– Michel, sag ich. st 1530
Blatter, Silvio: Avenue America. Roman. st 2388
– Das blaue Haus. Roman. st 2141
– Kein schöner Land. Roman. st 1250
– Das sanfte Gesetz. Roman. st 1794
– Schaltfehler. Erzählungen. st 743
– Die Schneefalle. Roman. st 1170
– Tage im Freiamt. Zunehmendes Heimweh. Kein schöner Land. Das sanfte Gesetz. 3 Bände in Kassette. st 649, st 1250, st 1794
– Wassermann. Roman. st 1597
– Zunehmendes Heimweh. Roman. st 649
Buch, Hans Christoph: Haïti Chérie. Roman. st 1956
– Die Hochzeit von Port-au-Prince. Roman. st 1260
– Tropische Früchte. Afro-amerikanische Impressionen. Erstausgabe. st 2231
Burger, Hermann: Brenner. Band 1: Brunsleben. Roman. st 1941
– Der Schuß auf die Kanzel. Eine Erzählung. st 1823
Cailloux, Bernd: Der gelernte Berliner. Erstausgabe. st 1843
Endres, Ria: Werde, was du bist. Dreizehn literarische Frauenportraits. st 1942
Federspiel, Jürg: Die Ballade von der Typhoid Mary. st 1983
– Böses. Wahn und Müll. st 1729
– Geographie der Lust. Roman. st 1895
– Die Liebe ist eine Himmelsmacht. Zwölf Fabeln. st 1529
– Die Märchentante. st 1234
– Der Mann, der das Glück brachte. Erzählungen. st 891
– Massaker im Mond. Roman. st 1286
– Orangen und Tode. Erzählungen. st 1155
Felder, Franz Michael: Aus meinem Leben. Mit einer Vorbemerkung von Peter Handke und einem Nachwort von Walter Methlagl. st 1353
Gall, Herbert: Deleatur. Notizen aus einem Betrieb. st 639
Genzmer, Herbert: Cockroach Hotel. Ängste. st 1243
– Freitagabend. st 1540

250/1/11.94

Neuere deutschsprachige Literatur in den suhrkamp taschenbüchern

Genzmer, Herbert: Manhattan Bridge. Geschichte einer Nacht. st 1396
Goetz, Rainald: Irre. Roman. st 1224
– Kontrolliert. Roman. st 1836
Gstrein, Norbert: Das Register. Roman. st 2298
– O2. Novelle. st 2476
Hänny, Reto: Am Boden des Kopfes. Verwirrungen eines Mitteleuropäers in Mitteleuropa. st 2210
– Flug. st 1649
Happel, Lioba: Ein Hut wie Saturn. Erzählung. st 2217
Heimpel, Hermann: Die halbe Violine. Eine Jugend in der Haupt- und Residenzstadt München. st 1090
Hessel, Franz: Heimliches Berlin. Roman. Nachwort von Bernd Witte. st 2269
Hohl, Ludwig: Die Notizen oder Von der unvoreiligen Versöhnung. st 1000
Horstmann, Ulrich: Das Untier. Konturen einer Philosophie der Menschenflucht. st 1172
Hürlimann, Thomas: Die Tessinerin. Geschichten. st 985
Kirchhoff, Bodo: Dame und Schwein. Geschichten. st 1549
– Die Einsamkeit der Haut. Prosa. st 919
– Ferne Frauen. Erzählungen. st 1691
– Gegen die Laufrichtung. Novelle. st 2467
– Infanta. Roman. st 1872
– Mexikanische Novelle. st 1367
– Ohne Eifer, ohne Zorn. Novelle. st 1301
– Der Sandmann. Roman. st 2330
– Zwiefalten. Roman. st 1225
Kiss, Ady Henry: Manhattan II. st 2416
Klix, Bettina: Tiefenrausch. Aufzeichnungen aus der Großstadt. st 1281
Koch, Werner: Jenseits des Sees. st 718
– See-Leben. 3 Bände in Kassette. st 783
– See-Leben I. st 132
– Wechseljahre oder See-Leben II. st 412
Laederach, Jürg: Flugelmeyers Wahn. Die letzten sieben Tage. st 1755
– Laederachs 69 Arten den Blues zu spielen. st 1446
Menasse, Robert: Phänomenologie der Entgeisterung. Geschichte vom verschwindenden Wissen. st 2389
– Selige Zeiten, brüchige Welt. Roman. st 2312
Meyer, E. Y.: Eine entfernte Ähnlichkeit. Erzählungen. st 242
– In Trubschachen. Roman. st 501

250/2/11.94

Neuere deutschsprachige Literatur in den suhrkamp taschenbüchern

Meyer-Hörstgen, Hans: Hirntod. Roman. st 1437
Mitscherlich, Alexander: Toleranz – Überprüfung eines Begriffs. Ermittlungen. st 213
Morshäuser, Bodo: Die Berliner Simulation. Erzählung. st 1293
– Blende. Erzählung. st 1585
Neuwirth, Barbara: Dunkler Fluß des Lebens. Erzählungen. st 2399
Offenbach, Judith: Sonja. Eine Melancholie für Fortgeschrittene. st 688
Pakleppa, Fabienne: Die Himmelsjäger. Roman. st 2214
Praetorius, Friedrich-Karl: Reisebuch für den Menschenfeind. Die Freuden der Misanthropie. Erstausgabe. st 2203
– Tod eines Schauspielers. Bekenntnisse. st 2463
Rakusa, Ilma: Die Insel. Erzählung. st 1964
Reinshagen, Gerlind: Drei Wünsche frei. Fünf Theaterstücke. Mit einem Nachwort von Anke Roeder. st 1817
Rothmann, Ralf: Kratzer und andere Gedichte. st 1824
– Messers Schneide. Erzählung. st 1633
– Stier. Roman. st 2255
Sanzara, Rahel: Das verlorene Kind. Roman. Mit einem Nachwort von Peter Engel. st 910
Schindel, Robert: Gebürtig. Roman. st 2273
Schleef, Einar: Gertrud. st 942
Sloterdijk, Peter: Der Zauberbaum. Die Entstehung der Psychoanalyse im Jahr 1785. Ein epischer Versuch zur Philosophie der Psychologie. st 1445
Winkler, Josef: Der Ackermann aus Kärnten. Roman. st 1043
– Friedhof der bitteren Orangen. Roman. st 2171
– Der Leibeigene. Roman. st 1731
– Muttersprache. Roman. st 1044
– Das wilde Kärnten. Drei Romane. st 2477
– Das Zöglingsheft des Jean Genet. st 2320

250/3/11.94